記念日の客

赤川次郎

双葉文庫

目次

記念日の客

赤川次郎

双葉文庫

プロローグ

花束を持って帰るというのは、結構面倒なものだ。

他にも、ロッカーの中にはすっかり忘れていた私物が入っていて、水田(みずた)は両手に重い手さげ袋を持つはめになってしまった。

席を離れるときには、多少の感慨があったが、

「退職金、いくら入った？」

と、同僚に訊(き)かれて、一度に気分がこわれてしまった。

「大したことないさ」

と、水田は言った。「じゃ、お先に」

「お疲れさん」

――もう明日からは出社して来ない男に向っては、ずいぶん素っ気ない口調だった。

水田がエレベーターホールへ出て来ると、

「水田さん」

と、事務服の若い女性社員がやって来た。

「やあ、お世話になったね」

「こちらこそ。——ありがとうございました！」

藤田充子（ふじたみつこ）は、別の課だが仕事の上でよく一緒に外出したりして、水田にもずいぶん優しかった。

「一階まで、お持ちします」

と、充子はエレベーターに一緒に乗ると、水田の手にした荷物を一つ持って、「明日から、どうするんですか？」

「さあね……。考えてないよ」

と、水田は微笑（ほほえ）んだ。

停年。——それがいつ来るか、何年も前から分っているのに、その日が近付けば近付くほど、そのことを考えなくなった自分に、水田は気付いていた。

一年前には、「もう一年しかない」と思ったのに、半年前には、「まだ半年先だ」と思い、三か月前には、「あと三か月もある」と呟（つぶや）いていた……。

つい昨日も、

「まだ一日ある……」

と、電車の中で呟いた水田だった。

六十歳の水田からみれば、二十八歳の藤田充子は、娘というにも若過ぎる。しかし、充子はまるで同じ世代の男性と話しているかのように接してくれていた……。

「こんな年寄りの話し相手をしてくれてありがとう」

エレベーターの中で、水田は言った。

「年寄りだなんて……」

充子は、ちょっと言葉に詰った様子だったが――。階数の表示が、〈5〉〈4〉〈3〉と、減って行った。

エレベーターの中は二人きりだった。

不意に、充子は水田に抱きつくと、唇を熱く押し付けた。水田はびっくりして息が止った。

一階に着くと、扉が開く前に、充子はパッと離れた。

扉が開いた。――充子は息を弾ませて、ちょっとの間水田を見ていたが、

「降りましょう」

と言った。

「――ああ」

我に返って、水田はエレベーターから出た。

充子は目を伏せて、

「ごめんなさい」

と言った。

「いや……。ちょっと驚いたがね」

水田は笑顔を作って、「さあ、荷物を」

と、手を差し出した。

しかし、充子は荷物を持ったまま、

「私……本当に好きだったんです、水田さんのこと」

と言った。

「藤田君……」

「笑わないで下さい」

「いや、笑ったりしないが……。しかし、僕はもう六十だよ」

「そんなこと、どうでもいいんです」

「しかし――」

「ね、外で会って下さい。私から連絡したら奥さんがおかしいと思うでしょ。私のケータイの番号、知ってますよね」

「ああ……」

「じゃ、連絡して！　いつでも構いません。夜中でも」

エレベーターが下りて来て、扉が開いた。

充子は水田に荷物を渡し、

「じゃ、お元気で」

「ありがとう」

水田は、充子がエレベーターに乗ると、ちょっと微笑んで見せた。

「——若いなあ」

と、水田は呟くと、両手の荷物を持ち直して、ビルの玄関へと歩き出した。

表は少し曇って、暗くなっているようだ。

「——あなた」

と、呼ぶ声に、水田は足を止めた。

振り向く前に分っていた。

「お前……」

「今日で停年でしょ」

と、髪がほとんど白くなった、やせた女性が歩み寄って来た。

「何してるんだ、こんな所で」

と、水田は言った。

「待ってたのよ」

と、女は言った。「退職金はいくら出た？　私がいただくわよ」

「冗談言うな！」

と、水田は顔を真赤にして、「あれは俺の金だ！」

「私のものよ」

と、女は言い張った。「理由は分ってるでしょ」

「綾乃（あやの）……。もう許してくれ。俺がどれだけ苦しんで来たか——」

「当然でしょ。元の妻として、私はあなたの退職金をいただく権利があるわ」

「いい加減にしろ！」

と、水田は声を震わせて言った。「俺には今の妻がいるんだ。果梨（かりん）とのこれからの暮しに、金がいる」

「まだあなたは元気じゃないの。働きなさいよ」

「お前は……。ともかく、今こんな所で話しちゃいられない」

「いいわ」

と、綾乃は肯いて、「また現われるから、覚悟しておいてね」

そう言って、先にビルから出て行く。

水田はしばらくその場に立ったまま、動けなかった。

そして――やがてがっくりと肩を落とすと、玄関へと力なく歩き出した……。

1 空虚

「お帰りなさい！」

駅の改札口に、妻の姿を見て、水田は当惑した。

「果梨……。どうしてここにいるんだ？」

「だって、今日はこれくらいの時間に帰るって言ってたじゃない。――持つわ」

「ああ……」

水田はチラッと改札口の上の時計を見た。

「お前……一時間も待ってたのか」

「一時間ぐらい、すぐよ」

と、果梨は言った。「疲れたでしょ」

「いや、別に……」

駅前のロータリーへ出ると、「せっかくここまで来たんだ。夕飯、どこかで食べて帰ろう」

「嬉しいわ！　実はそのつもりで、夕飯の用意してないの」

と、果梨は笑った。

果梨は、水田悠介(ゆうすけ)より二十以上若い、三十七歳である。笑いにも「若さ」がある。

かつて水田が夢中になった「明るい笑顔」は、今も果梨に面影(おもかげ)以上に生々しく残っていた。

駅前には、大きなショッピングモールが最近できて、レストランも色々入っている。

「私、ここがいい！」

案内板の写真を指さして、果梨は言った。

イタリア料理か……。

六十歳の胃には少々重いが、果梨の好みに合せてやることが楽しい。

「よし、じゃ行こう。――何階だ？」

「そこの透明なエレベーターで直通よ」

果梨は夫の腕を取った。

ガラス張りのエレベーターが上り始めると、

「お花、もらったのね」

「うん。習慣だからな」

「でも、ジンと来た？」

「まあ……いくらかはな。でも、みんな停年でいなくなる人間のことなんか、すぐ忘れるさ」

「そんなことないわよ。きっと、いつまでも憶えててくれるわ」

「そうかな」

――果梨と二人で外食するのは久しぶりだ、と水田は思った。

果梨はいやにはしゃいでいる。

これくらいのことが嬉しいのか。水田はやや反省した。

確かに、果梨を外へ連れ出すことが、このところずっとなかった……。

果梨はまだ三十七なのだ。もっともっと出歩きたいのだろう。

「――ここだわ。いい？」

「ああ。入るんだろ？」

「でも、あなた、和食の方がいいんでしょ?」

「お前の好きな所でいいよ。俺は何でも食べる」

「そう? 良かった」

——夕食の時間には少し早いせいで、店はまだ空いていた。

窓際の、眺めのいい席について、二人はメニューに見入った。

オーダーして、とりあえずウーロン茶で乾杯した。

「ご苦労さまでした」

「いや……。このまま遊んじゃいられん。仕事を探すよ」

「今日は忘れて! ね?」

「そうだな」

「そうだ」

果梨はバッグを開けて、「これが今日届いたわ」

と、封筒を出した。

「何だ?」

「請求書」

「請求書? どこの?」

「あなたの元の奥さんから」

水田は一瞬凍りついた……。

「私、こんなことでびっくりしないわ」

と、果梨は言った。「あなたが停年になったら、黙っちゃいないだろうな、って思ってた」

「綾乃の奴は……どうかしてる」

と、水田は言った。

「気持は分らないでもないけど」

と、果梨は言った。「でも、だからって、この請求書通りに支払うわけにいかないわ」

「当り前だ。もう離婚した相手なんだからな」

「カッカしないで」

と、果梨は笑って、「食事がまずくなるわよ。でも食後に言うのも、消化に悪いと思ってね」

——コース料理の最初の一皿が来た。

「さあ、食べましょう」

と、果梨は言った。

「ああ……」

水田は少し戸惑っていた。

果梨が、こんなにも落ちついていることが、意外だったのである。

しかし水田としては、果梨に泣かれたりヒステリーを起されるより、ずっとありがたいことは言うまでもない。

「——誰か泣いてくれた？」

と、食事しながら果梨が言った。

「何だって？」

「あなたが辞めるからって、泣いてくれる女の子でもいたかなと思って」

「おい、俺はそんなにもてないよ」

と、水田は笑った。

そうだ。藤田充子だって、泣きはしなかった。水田にキスしただけだ……。

「でも、ちゃんとお花はいただいたのね」

「決った儀式さ。課長は白々しく『水田さんはこの課に欠くことのできない存在でした』とか言って」

「本気で怒っても仕方ないわ」

「怒りゃしない。そんなことでむだに消費するエネルギーは持ち合せてないよ」

ステーキを食べる。

滅多にできないぜいたくである。

「あなた」

と、果梨は言った。「これからのことだけど……」

「うん。なかなか、どこも苦しいからな。俺なんか特別の能力があるとかいうわけじゃないし。でも、ともかく粘り強く探すよ」

水田も、これで遊んで暮せるとは思っていない。退職金だって、それだけに頼ったら何年食べていけるか。

「少しのんびりしていいのよ。ともかく三十何年も勤めたんだもの」

「ああ。しかし、一旦ぐうたらすると、今度は元に戻すのが大変だろうからな」

再就職。——水田には全く見通しがなかった。

古い友人、仕事の取引先、いくつも当ってみた。

しかし、結局係長に当るポストにしかなれずに六十歳を迎えた男を、喜んで雇ってくれる所はなかった……。

「——デザートも悪くなかったわね」

と、果梨は言って、「あなた、コーヒー？」

「うん」

「コーヒーと、私はミルクティー」

果梨が紅茶とは珍しい。もともとコーヒーの大好きな果梨で、家でもちゃんと豆を挽いて飲んでいる。

「——ね、あなた」

と、紅茶に牛乳をたっぷり入れて飲みながら、果梨は言った。

「何だ？」

「お願いがあるの」

「どうした、改って」

と、水田は笑って、「海外旅行にでも行くのか?」

「そんなことじゃないの」

と、果梨は微笑んで、「ねえ。父の所で働いてくれない?」

コーヒーカップを持つ水田の手が止った。

「なあ、果梨――」

「分ってるわ」

「その話は済んでるだろ? お前だって、それで――」

「ええ、私だって本当は言いたくないの。でもね、現実に次の仕事を見付けるのは容易じゃないでしょ」

「しかし、少し時間をかければ……。ともかく、何とか見付けるよ」

「あなたの気持はよく分ってる。でも、やっぱり父の下で働いてほしいの」

「それは……」

と、水田が口ごもると、

「私、今お腹(なか)にあなたの子がいるの」

と、果梨は言った。

しばらくして、水田はコーヒーを一口飲むと、

「――何だって?」

「妊娠してるの」

と、果梨は穏やかに、「この子を育てるのにはお金がかかるわ。私、この子を、そんなに貧しく育てたくない」

「待ってくれ」

「あなたの子に間違いないわよ」

「そりゃ分ってるが……」

「私、まだ三十七だもの。充分に産めるわ」

「俺は……停年だぞ」

「仕方ないでしょ。できちゃったんだから」

と、果梨は微笑んだ。「まさか、子供なんかいらない、なんて言わないわよね」

「いや、それは……」

水田は、前の妻綾乃との間にも子供はできなかった。

子供が生まれる。——水田としては想像もしていないことだった。

「それは……嬉しいよ」

「そう？ 良かったわ」

「子供か。——父親になるのか」

やっと、水田の言葉に、ある感慨がにじみ出て来た。

「そう。親子の暮しよ。——だから、私、考えを変えたの。あなたに、父の下で働いてほしいのよ」

水田も、さすがに拒否できなかった。

「そうか……。分ったよ。仕方ないな」

「ありがとう！」

果梨は、夫の手をギュッと握りしめて、「やっぱり私を愛してくれてるのね！」

「当り前だ」

ということは、「いやだ」と言えば、「愛してないのね」と来るところだったのだろう。

「——じゃ、今度の日曜日に、父の所へ一緒に行きましょう」

「日曜日？」

「早い方がいいわ。あなたは明日から休みだけど、父は日曜日の方が」

「そうだな。しかし——お義父さんの方は承知してるのか」

「もちろん話したわ」

と、果梨は肯いて、「孫ができるって、大喜びしてたわ」

——そうか。

水田の知らない所で、さっさと話は進んでいたのだ。

水田には「拒否する」という道は残されていなかった……。

「じゃ、車で行くか」

と、水田は言った。「安全運転だ」

「車が迎えに来るわ。父の所から」と、果梨は言った。「心配しないで。ちゃんと腕のいいドライバーをよこすように言ってあるわ」

水田はゆっくりとコーヒーを飲み干した。

子供が生まれる。

――その言葉だけは、福原(ふくはら)綾乃の耳にはっきりと届いた。

あの会社からずっと水田の後を尾(つ)けて来たのだ。

そして、このレストランに入り、水田たちからは死角になる席についた。

あの女が妊娠した……。

綾乃は激しい感情が火と燃えているのを感じていた……。

水田と果梨はその後も明るく弾んだ声でおしゃべりして、しばらくしてレストランを出て行った。

福原綾乃は、じっと両手にナイフとフォークを持ったまま、動かなかった。

こんなはずでは……。こんなはずではなかったのに。

水田悠介の停年の日、水田の前に姿を現わし、妻の下へ〈請求書〉を送りつけてやる。それで、夫婦は暗い絶望に沈むはずだったのだ。

停年祝いの食事の席に、どす黒い悪意の祝いを贈った――はずだった。

しかし、身ごもったことで、あの果梨は強くなった。以前は綾乃のいやがらせに泣いていたのに、今日はまるで別人のようだ。

こうして、わざわざ出かけて来たことが、空しく感じられた。

「あの……」

綾乃は、しばらく自分が話しかけられたことに気付かなかった。

「――え？」

レストランのマネージャーらしい黒服の男が、不安げな表情で、テーブルのそばに立っていたのだ。

「お気に召しませんでしたか」

「え？」

「いえ……。召し上っておられないようなので、お口に合わなかったのかと……」

「――ああ！　いえ、そんな……。そんなことないわ。おいしいわよ、とても！　ちょっと考えごとをしてて。ごめんなさい」

と、綾乃は急いで言った。

「でしたらよろしいのですが」

と、マネージャーはホッとした様子。

ずいぶん長いこと、ナイフとフォークを持ったままでいたのだ。

店の人間が不安がるのも当然だろう。

「いただくわ。――お水を」

「かしこまりました」

食べ始めた綾乃だったが、もうすっかり料理は冷めてしまっていた。

それでも、ああ言った手前、ちゃんと食べないわけにいかない。

何とか食べ切って、

「コーヒーを」

と、頼んだ。

コーヒーでなく、ミルクティーを頼んでいた。

果梨は、お腹の子供のことを考えていたのだろう。

綾乃は、やっとショックから立ち直りつつあった。

果梨はまだ子供を産んだわけではない。これから何か月もかかるのだ。

その間に何があるか、分ったものではない。そうだとも……。

綾乃は、コーヒーをブラックのまま飲んで、深々と息をついた。

負けてなるものか。あんな女に！

綾乃は自分を奮い立たせるように、心の中で言った……。

2　父と娘

カーテンが開いて、寝室が明るくなった。

亜沙子はまぶしい光を受けて目を覚ますと、時計を見て、当惑した。

「起したか」

夫、近江益次が言った。

「あなた……。どうしたの、こんなに早く」

と、亜沙子はまだ少しもつれそうな舌で言った。

「寝てていいぞ。カーテンを閉めるから」

近江はワイシャツにネクタイをしめていた。

顔もすでにひげを剃って、すっきりしている。

「起きてもいいわよ。でも――何かあったっけ、今日?」

早い、といっても、世間一般の感覚から言えば、もう九時を回っているのだから、むしろ「遅い」くらいのものだろう。

しかし、近江はたいてい昼近くにならないと起き出さない。――社長なのだから、別に文句を言われはしないのである。

「果梨が来るんだ」

と、近江は言った。

「あら」

亜沙子は起き上って、「珍しいわね。事務所に？」

「ああ。十時に約束してる。――気にしなくていいから、寝てろ」

「でも……実家に帰るのに、どうして事務所へ？」

「話があるそうだ。まあ、大方のことは聞いてるがな」

近江は鏡の前で、ほとんど白くなった髪をなでつけた。

「話って？」

「うん。――亭主の水田が停年になった」

「ああ。もう六十？　そうだっけ。私は二、三度しか会ったことないけど」

「再就職を頼みに来るのさ」

近江の言葉で、亜沙子は目が覚めた様子。

「それって……。水田さんがうちで働くってこと？」

「今日、果梨と一緒に来るから、じっくり話してみる」

「でも……。もう六十歳よ。仕事なんかあるの？」

「今の六十は若いぞ。七十だって若いけどな」

と、近江はニヤリと笑って、ベッドの妻を見た。

「あなたは特別よ」

と、亜沙子は苦笑した。

「ともかく、会ってじかに話す。それが一番早い」

近江は上機嫌の様子だった。

結婚した娘が会いに来るのが、本当に嬉しいのだろう。

選んだネクタイも、珍しく「普通の」水色だった……。

近江益次は七十歳。世間並みの七十とは大分違い、精力的で若い。

果梨の母親は、果梨がまだ小さいころに死んで、近江はそれから結婚離婚をくり返した。

二度目、三度目と、相手は若くなり、亜沙子はまだ三十一歳である。

そして今の亜沙子で四人目。

「これでいいか」

上着を着ると、妻の方へ、「どうだ?」

「ええ、どう見ても五十そこそこ」

近江は笑って、

「お世辞はいい。じゃ、行ってくる。夜は遅いからな」

「分ってる」

と、亜沙子は欠伸(あくび)をして、「ずいぶん上機嫌ね」

「そうだな。——孫ができるんだ」

近江はそう言うと、さっさと寝室から出て行った。

亜沙子はしばし呆然として、ベッドに座っていたが……。

「孫、ですって？」

と、ポツリと呟いた。

その意味がやっと分ったころには、もう近江の車が走り去る音が聞こえていた……。


「すまんな」

と、近江は車の後部座席で言った。「いつもの車を、果梨の所へ迎えにやったのでな」

「少しも構いません」

ハンドルを握っているのは、やや細身のスーツ姿の男で、「社長をお乗せするのは久しぶりです」

「そういえばそうか。——お前は忙しいからな」

「社長のおかげで」

と、西条竜介は言った。

近江が興し、社長をつとめる〈ＯＭプロダクション〉の専務が西条竜介である。五十歳。働き盛りという印象だ。

このＢＭＷは西条の車である。

ピッと車の時計が鳴った。

「時間だ。——社長、たまにはユリを電話で起してやって下さい」

「そうだな。モーニングコールか」

近江はケータイを取り出す。

「ユリは、ちゃんと自分で起きる子です。ただ、シャキッとさせるには、社長のひと声が一番ですから」

「よし、かけてやろう」

ちょっといたずら気分で、近江は五代ユリのケータイへかけてみた。

「——おい、出ないぞ」

「そうですか？ じゃ、シャワーでも浴びてるのかな」

「いや、待て。——ああ、ユリか？ 俺だ」

「え？ 社長さん！ びっくりした！ すみません！」

と、上ずった声が伝わってくる。

〈OMプロダクション〉は芸能プロとして中堅の存在だ。

五代ユリは、〈OMプロ〉の抱える若いスターの一人だった……。

「社長さんから電話なんて珍しい」

と、五代ユリは明るい声で言った。

「もう起きてたのか？」

と、近江益次は言った。

「はい。顔を洗ってました」

「そうか。今日はどこの仕事だ?」

「雑誌のインタビューがあって、午後はサスペンスドラマで叫んで来ます」

「お前の悲鳴は天下一品だ」

と、近江は笑って言った。

「でも、いつも悲鳴上げてるばかりじゃいやですよ。その内、普通のセリフ言える役がほしい」

「ああ。ちゃんと真面目にやっとれば、見てる人間は見てる」

と、近江は言った。「小国は何時に来るんだ?」

「たぶんそろそろ……。あ、チャイム鳴ってる。きっと小国さん」

「そうか。じゃ、頑張れ」

「はい」

──近江は通話を切って、ケータイをポケットへ戻した。

五代ユリは十七歳。高校生だったが、中退して上京して来た。

今は、ワンルームマンションに暮していて、小国聡子は担当のマネージャーである。

「ユリはいい子ですね」

と、車を運転しながら西条が言った。「どこの番組でも、気に入られますよ」

「ああ、いい子だ。しかし、『いい子』が売れるとは限らんのがこの世界だ」

そんなことは西条も承知している。

「社長、今日は果梨さん一人ですか？」

と、西条が訊いた。

近江はちょっと笑って、

「そんなことを訊くぐらいだから、知っとるんだろう。果梨が亭主と来ることを」

「チラッと耳にしました」

と、西条は言った。「もう停年だそうですね」

「ああ。――うちで何か仕事に就かせてやらんとな」

「しかし、うちのような仕事は、あの水田さんには向かないのでは？」

「そんなことは言っておられん。あの夫婦に子供ができた」

西条はちょっと間を置いてから、

「それはおめでとうございます。――それで朝から上機嫌でいらっしゃるんですね」

「まあ、そんなところだ」

「初孫というわけですね」

「うん。孫が二十歳になったら、俺は九十だな」

と言ってから、「生まれてもいない内から気が早いか」

と、苦笑した。

「ともかく、結構なことです」

「うん。──おい、水田に何をやらせたらいいか、考えといてくれ」

「分りました」

西条はハンドルを一段と慎重に操っていた。考えごとをしていると、つい注意不足になる。

水田悠介が〈OMプロ〉に入って来る。

西条の想像もしていないことだった。

水田も好きで来るわけではあるまい。しかし何といっても、近江が目に入れても痛くない一人娘、果梨の夫である。

しかも孫ができれば……。

当然、一時期〈OMプロ〉と縁を断っていた果梨も、これで父親の所へ年中出入りするようになるだろう。いや、家族で同居することになるかもしれない。

西条の内ポケットでケータイが鳴った。しかしすぐに鳴り止む。

こちらからかけるように、という合図だ。

──BMWは二十分ほどで事務所に着いた。

「ありがとう」

と、近江は車を降りて手を上げて見せた。

「車を置いて、すぐに参ります」

と、西条は言った。

高層のオフィスビルの中に〈OMプロダクション〉がある。

近江が入って行くのを見送って、西条は車を駐車場へと向けた。

途中で停めて、ケータイを取り出す。

「——もしもし」

「聞いた？」

と、いきなり言ったのは、近江の妻、亜沙子だ。

「水田さんのことですね」

「子供が生まれるって。——六十になってからよ」

亜沙子の不機嫌な顔が見えるようだ。

「仕方ありませんよ。それは」

「冷たいのね。あなただって、予定が狂うでしょ」

「それは……これからですね」

「でもさ、水田に子供が生まれて、果梨さんは当然父親の後を継がせようとするわ」

「水田さんはこの業界向きじゃないと思いますがね」

「社長なんて、いればいいんだから。——ね。様子、知らせて」

「分りました」

「お願いよ」

と、亜沙子は念を押して切った。

西条は、ちょっとため息をつくと、

「女の闘いは怖い」

と呟いて、車を駐車場の入口へと進めて行った。

そのころ、水田と果梨を乗せた車が、ビルの正面に着いていた。

「――凄いビルだ」

と、水田は五十階建のビルを見上げて、「目が回りそうだな」

「すぐ慣れるわよ」

果梨はケータイを出して、「――もしもし、お父さん? 今、ビルに入るところ。――ええ、待ってるわ」

オフィス棟のエレベーターの手前にはカードをリーダーに通すセキュリティチェックがある。

「私はカード持ってるけど、あなたの分はないから」

と、果梨は言った。

広いロビーを、色々な会社の社員たちがせかせかと歩いていた。

水田は自分もついこの間まで、ああして急いでいたのか、と思った。

いや、これからも分らない。

ただ、今の「自由時間」は、ずいぶんのんびりと休めていた。

「職探し」をしなくて良くなったせいでもあるだろうが……。

ただ、地道なデスクワークをずっと続けて来た水田にとって、この人工的な空間は、とても仕事をする場とは思えなかった。

「あ、宏子さん！」

と、果梨が手を振った。

スーツ姿の、いかにも有能な秘書というタイプの女性がエレベーターを降りてやって来る。

「果梨さん、お久しぶりです」

「どうも。——主人とは会ってるわね」

「はい、お式のときに」

「あ、どうも……。お会いしてましたか。よく憶えていなくて」

と、水田は恐縮して言った。

「当然ですわ」

と、その女性が笑った。

「父の秘書の峰山宏子さん。この人がいないと、父はお昼ご飯も食べられないのよ」

「果梨さんの大げさぐせは治りませんね」

と、峰山宏子は笑って、「さ、これ、新しいカードです」

と、水田に渡し、

「失くさないで下さいね。作り直すの、大変なんです」

「じゃ、父の所へ」

水田は、二人の女の後をついて行った。

果梨はもうこのオフィスビルに慣れている。

自分のカードをリーダーに通すと、腰の高さほどの扉がパッと開き、通り過ぎるとすぐ閉じる。

「大したもんだ」

と、水田は素直に感心した。

高速エレベーターで、アッという間に三十二階に着く。

「このフロアは、丸ごと〈OMプロダクション〉です」

と、峰山宏子が言った。

「まあ、いつの間に？　以前は半分くらいだったでしょ」

「もう二年になりますわ」

「そうか……。少し来ないと変るものね」

と、果梨は言った。

「こちらへ」

〈社長室〉というプレートのついた、すりガラスの扉があった。

峰山宏子がその扉を開けようとしたとき、扉がパッと中から開いて、髪を赤く染めた若い男が半ば駆け出すような勢いで出て来た。

ちょうど正面にいた水田は、よけようもなくその若者とぶつかって尻もちをついてしまっ

っ
た。

「大丈夫?」

と、果梨が手を取って立たせる。

「ああ……。びっくりした」

と、水田は立ち上って、「ぶつかったのが僕で良かった」

峰山宏子が微笑んで、

「果梨さん。やさしいご主人で幸せですね」

と言うと、「さあ、どうぞ」

と、扉を開ける。

中に入りながら、水田は今出て行った若者が、TVの番組で見たことのあるタレントだったと気が付いた。

「やあ、よく来た」

近江益次は立ち上ると、水田の方へ歩み寄って握手をした。

「ごぶさたしておりまして……」

水田は、近江が満面の笑みを浮かべているのに面食らっていた。

果梨との結婚式では、一応出席はしたものの、仏頂面のままだったのに……。

「まあ、かけてくれ。——おい、コーヒーを頼む」

「ただいま」

と、秘書の峰山宏子が言った。「果梨さんはオレンジジュースの方が」

「ええ、お願い」

広々とした部屋だ。——水田は、ソファにかけたものの、何だか落ちつかなかった。

「お父さん」

と、果梨が言った。「今出てったの、吉郎君でしょ？　どうかしたの？」

「ああ、あいつ、まだ十八のくせに」

と、近江は苦笑して、「素人のファンの女の子に手を出して妊娠させた」

「あの子が？　ついこの間まで子供だったのに」

「全くだ。少し人気が出て、自分が見えなくなってる。女の子の方は、何とか家族と話しておさまったが。——半年間謹慎だ」

「色々あるわね」

水田は、ともかく一旦座り直すと、

「色々ご心配かけましたがこのほど無事停年を迎えて退社いたしました」

と、一礼した。

「相変らず固苦しいな」

と、近江は笑って、「こんな商売をしてると、あんたのような人間に会ってホッとするよ」

「はあ。それで……」

「娘から聞いた。孫の顔を見たいと思っとった。嬉しいよ」

「はあ」

「お父さん。この人に仕事、見付けてね」

と、果梨は言った。

「ああ。今、どんな仕事がいいか考えとるところだ」

「新人として入社させていただく以上、どんなことでもやります」

と、水田は言った。

近江に会ったら、まずこう言おうと思っていたのである。

「頼もしい言葉だ。体調に不安はないのかね?」

「特にどこも」

「それは心強い」

「でも、会社の検診しか受けてないのよ」

と、果梨が言った。「入社することになったら、一度ちゃんと人間ドックを受けて」

水田はちょっと当惑した。

今まで果梨がこんなことを言ったのは聞いたことがない。

果梨はちゃんと夫の顔を見ていて、

「今まではあんまり気にしてなかったけど、子供が生まれるのよ。まだ当分長生きしててもらわないと」

なるほど。──水田は、やはり果梨にとっても、「母になる」のはこれほど大きな意味があるのだと感心した。

「よし。俺の行きつけのクリニックを紹介してやろう」

「お父さんって、これでも健康マニアなの」

と、果梨は笑って、「行きつけのバーとかなら分るけど、行きつけのクリニック、なんて変よね」

「いや、責任ある立場の人は、自分だけの体じゃない」

と、水田は言って、「ご紹介、よろしくお願いします」

「任せておけ。いつがいいかな？　今、日取りを――。おっと、失礼」

机の上で充電していた近江のケータイが鳴り出したのである。立って行って出ると、

「――ああ、ユリか。どうした？」

果梨が水田の方へそっと言った。

「うちの若い女の子。五代ユリっていって、まだ売れてないんだけど、お父さん、凄く可愛がってるの」

「――そいつは困ったな。で、どんな具合だ？　――そうか、分った。すぐそっちへ行くから」

近江は難しい表情になっていた。

「どうしたの。お父さん？」

「五代ユリだ」

と、近江はケータイを手にしたまま、少し考えていたが、「――水田君」

「はあ」

「今からTV局へ行く。一緒に来てくれるか?」

「お父さん! まだ雇われてもいないのよ」

「いや、経験するなら早い方がいい」

と、水田は言った。「お供します」

「よし。――おい、宏子!」

インタホンがあるのに、大声で呼ぶ方が近江には楽なのだ。

「社長、何か」

と、峰山宏子が入って来た。

「車を用意しろ。すぐSテレビに行く」

「ユリちゃんに何か?」

「マネージャーの聡子が倒れた。動かさない方が、と言われてユリが立ち往生している」

「まあ、小国さんが?」

「この水田を連れて行く。果梨のことを頼む」

「かしこまりました」

宏子は足早に出て行った。

「お父さん」

と、果梨はちょっと不機嫌な顔で、「あんまりこの人に変なことさせないでよ」

「心配するな」

と、水田が果梨の肩を軽く叩いて、「じゃ、行って来る」

もう近江は社長室を出ようとしていた。

3　夢のステージ

「社長さん！」

五代ユリは、近江の姿を見ると、駆け出して来て、抱きつくなりワッと泣き出してしまった。

「よしよし。大変だったな」

近江がユリの頭をなでて、小さな子供をあやすように言った。

水田には全く見憶えのない少女である。

あまりＴＶを見ないせいでもあるだろうが。

「小国はどうした？」

と、近江が訊いた。

ユリがしゃくり上げながら口を開こうとしていると、

「ああ、近江さん」

と、TV局のスタッフらしい男がやって来た。

TV局の広々としたロビーである。人々があわただしく交錯して行くのを、水田は眺めていた。

「どうもうちの小国がご迷惑をかけて」

と、近江が言った。

「いや、いきなり倒れて、びっくりしました」

「本番中じゃなかったでしょうね。――それなら良かった」

「十分ほど前に、救急車が来て運んで行きました」

「それはお手数を……」

「でも、本番は予定通りやります。ユリちゃん、大丈夫ですか?」

「もちろん。仕事ですから」

近江の返事は、半ばユリへ向けられたものだった。

「それならいいですが……。やはり気が動転しているようなんでね」

「いや、大丈夫です。――ユリ、ちゃんと仕事できるな? お前はプロなんだぞ」

近江の目は鋭くユリを見つめている。ユリも逆らえず、小さく肯いた。

「よし。小国が運ばれた病院に行って入院手続きをして来る」

「社長さん」

と、ユリがまたすがりつくようにして、「行っちゃうんですか?」

「大丈夫だ。この人がついていてくれる」

と、近江が水田の方を振り向いて言った。

「え……。この人、誰?」

ユリは水田を見て戸惑っている。

「今度うちへ入った水田だ。——すまんが、この子についていてやってくれ」

「はあ……」

水田の全く知らない世界である。一瞬、

「どうすればいいんですか?」

と訊こうと思った。

しかし、その言葉をぐっと呑み込む。

俺は六十歳なのだ。何十年も社会人として働いて来た。

今さら「どうしたらいいか」などと訊くわけにいかない。

「——分りました」

と、水田は答えていた。

「頼むぞ」

近江は、病院がどこになったのか、問い合せに行ってしまった。

「じゃユリちゃん、本番だよ、あと十分で」

「はい」

ユリは不安げである。

「よろしくね。水田というんだ」

「よろしく……お願いします」

と、ユリはおずおずと、「あの……いつからうちの事務所にいるんですか？」

「今日から」

ユリは目を丸くして、

「今日から？」

「だから、何も分らない。教えてくれ。どうすればいい？」

「そんな……。私に訊かれても」

「君の荷物は？　仕度するんだろ？」

と、当てずっぽうに言うと、

「あ……。ええと、バッグ、聡子さんが持ってたんだけど」

「倒れた人が？　どこで倒れたの？　まだそこにあるかもしれない」

「そう……そうね。こっち」

と、ユリは駆け出した。

廊下の隅に、バッグが放り出してあった。

「これだわ！　良かった」

「よし、僕が持つ。さあ、十分で本番だ。どこへ行けば？」

と、バッグを肩にかけて訊く。

「第5スタジオ。でもメークしないと。それに衣裳も……」

「よし、ともかくスタジオに行って、スタッフに訊こう」

と、水田はユリの肩を叩いて言った……。


「はい、本番行きます！」

という声がスタジオ内に響く。

水田は薄暗い隅で、明るいセットを眺めていた。

そこは、いつもならTVの中で「現実」のように見えている世界だった。しかし、こうして見ると、明るいのはほんの一部でしかない。

五代ユリの姿が見えた。

出番を待っているユリは、バニーガールの格好で、寒そうだった。七、八人もいる女の子たちの一人だ。

まだまだユリはその程度の扱いでしかないのである。

「はい、バニーガール、出るよ」

と、ADが声をかける。

そのとき、ユリが心細げにスタジオの中を眺め回すのが見えた。

誰かを捜している。――俺を?

水田は少し前に出て、手を振ってやった。

ユリが水田に気付くと、ホッとした様子で微笑んで、ちょっと手を振り返した。

その頼りなげな姿は、水田の胸をしめつけた。――何て可愛くて、いじらしいんだ!

「はい、出て!」

押し出されるようにして、女の子たちが一斉に明るいライトの下へ出て行く。

水田は置かれたモニターの画面を見た。

女の子たちをカメラが映して行く。

ユリの顔も見えたが、ほんの二、三秒に過ぎない。

いつか――いつか、この子がTVの画面を一人占めして、輝く日が来る。

水田は、その日を見たい、と心から思った。


「――ああ、ドキドキした!」

ユリがバニーガールの格好でやって来た。

もう出番は終ったのだ。

「ご苦労さま。可愛かったよ」

と、水田はユリに笑いかけた。

「本当？　私、録画して、いつも自分のこと見るといやになるの」

「どうして？」

「だって、ちっとも可愛くないんだもの。足も太いし」

「そんなことはない。輝いてるよ！」

「水田さん……だっけ？　お世辞は上手ね」

と、ユリは笑った。「着替えてくるわ」

「ああ、ここを出た所で待ってる」

水田はスタジオを出た。

「――初仕事か」

と呟く。

この仕事は、結構面白いかもしれないぞ。

――水田は、新人社員のような、ワクワクした気持になっていた。


近江が社長室へ入って来ると、果梨がパッと立ち上った。

「お父さん！」

「何だ、まだいたのか」

と、近江は言って、社長の椅子に腰をおろした。

「社長。小国さんはいかがですか？」

と、峰山宏子が入って来て訊く。

「うん、救急車でN病院へ運ばれた。後で様子を見て来てくれ」

「かしこまりました」

「お父さん！」

と、果梨は苛々と、「あの人は？　どうしたの？」

「ああ、水田か」

近江はニヤリと笑って、「心配するな」

「心配するわよ。まだ何も教わっていないのに」

「水田はちゃんとマネージャーをやってのけたぞ」

と、近江は言った。「TV局で、ユリについていたが、しっかり局のお偉方に挨拶して、名刺まで渡して来た」

「名刺なんて持ってないでしょ」

「白いカードに手書きで書いて、自分のケータイ番号も入れてな。しかも局の編成局長と、趣味の話で盛り上ったらしい。ユリに一つ仕事をとって来た」

「まあ、すばらしい」

と、峰山宏子が言った。「さすがにベテランですね」

「そうなんだ」

近江が肯いて、「誰に挨拶すればいいか、ちゃんと見分けるんだな」

「そりゃあ……。何十年も勤めて来たんですもの」

果梨も、夫がほめられれば悪い気はしない。

「だけど、お父さん」

「何だ？」

「あの人、まだ正式な社員じゃないんでしょ？　だったら、今日の仕事の分は、アルバイト代として出してよ」

果梨の言葉に、

「お前……。ずいぶんがめつくなったんだな」

と、近江は呆(あき)れて言った。

「当り前よ。主婦ですからね、これでも。で、今あの人、どこにいるの？」

「今日、いいね、ユリちゃん」

と、アイドル雑誌の編集長が言った。

「え？　そうですか？」

スタジオでグラビア用の写真を撮っていたユリは、頬を上気させて、「何だか、私も今日、とっても楽しいんです」

「うん、光ってるよ。本当だ」

ビキニの水着でライトを浴びているユリは、水田の目にはまぶし過ぎて、ずっと見ていられなかった。

　ＴＶ局を出て、今日はこの撮影が最後の仕事だ。

「おい、もう二、三カット、撮っといてくれ」

と、編集長がカメラマンに注文を出す。

「じゃ、水着、替える？」

「そうだな……。そうしよう」

　スタイリストの女性がユリを急いで連れて行く。

「――ご挨拶が遅れまして」

　水田は編集長に手作りの名刺を渡した。

「新人さん？」

「年齢は食ってますが、今日が第一日目です」

「今日が最初？　そりゃ大したもんだ」

と、編集長は名刺を眺めていたが「〈水田悠介〉……。あれ？　もしかして、神田信也って知りません？」

「え？　高校のときの同級生の？」

「ええ。――僕、その息子です」

　水田はびっくりした。ひげをのばしているので、まさかそんなに若いと思わなかったのである。

「神田の息子さん……。いや、びっくりしたな！」

「水田さんも六十歳ですか。うちの親父よりずっと若いですよ」

「いや、もう停年退職してね。これが再就職だよ」

「またずいぶん変った所に来たもんですね」

と、編集長は笑って、「まあ、どうぞよろしく」

「こちらこそ。――お父さんは元気？」

「五十のとき、胃をやられましてね。それでガクッと老け込みました。親父に言っときますよ」

「懐しいね」

ユリが明るい花柄の水着で戻って来た。

「よし！　ユリちゃん、一ページ丸ごと使おう。頼むよ」

「ありがとうございます！」

ユリが飛びはねんばかりにして喜んでいる。

「――いや、いつもユリちゃんは引込み思案でね。カメラ向けられると、笑顔が固くなっちゃってたんですよ。でも今日は明るくはじけるようだ」

と、編集長は腕組みして、「マネージャーさんがいいのかな」

「とんでもない。何も分らない新人だ」

しかし、確かに、ユリは活き活きとして楽しそうだ。最初のＴＶ局でのバニーガールのとき比べても、パッと目立つ輝きがある。

「いや、いいな、これは」

と、編集長は試し撮りの画面を見て、「ユリちゃん、今度の号で一気に人気出るかもしれないよ」

ユリが嬉しそうに笑った。

その笑顔は、水田の胸を熱くするほど可愛かった……。

4 泥酔

「畜生！　何だってんだ！」

甲高い(かんだか)声が店の中に響いた。「俺を誰だと思ってる！」

支配人は眉をひそめて、

「おい」

と、フロアの責任者を呼んだ。

「すみません」

「もう帰らせろ。あんな声を出されたら、他の客にばれる」

「さっきからそう言ってるんですが……」

——六本木のビルの地階に入っているクラブ。

女の子たちが、成金趣味の男たちにぴったり寄り添っている。

「高級店なんだぞ、うちは」

と、支配人は言った。「それに、声で誰だか知れたら、後でまずいぞ」

「分ってます」

「未成年の客に酒を飲ませたと分ったら、店がやられる」

「何とか送り出します」

——クラブに来ているのは、安井(やすい)吉郎である。芸能人で、売れて来てはいるが、まだ十八歳。

「何かあったのか」

「どうやら、謹慎させられるらしいです」

「何をやらかしたんだ?」

「聞いてませんが、大方女の子絡みでしょう。近江さんに連絡しますか」

「そうだな……。ともかく出て行かせろ。どうしても出ないようなら、近江さんへ知らせるんだな」

「分りました」

「おい、待て。——あの吉郎のお気に入りの子がいただろう」

「リサですね」

「今夜は？」

「来てますが……。他のテーブルです」

「リサをつけてやれ。何ならタクシーで送らせろ。その方が素直に言うことを聞くかもしれん」

「それはいいですね」

フロアマネージャーは、どこやらの太った社長の席についていたリサを呼んだ。

「――吉郎ちゃん？　何だか荒れてるみたいだったから……」

リサは渋っていたが、「そのまま帰っていいの？　それなら」

「ああ、支配人の言い出したことだ。大丈夫さ」

「はい。それじゃ吉郎ちゃんを連れ出せばいいのね」

リサは、ネックレスを指でいじりながら、奥のテーブルへと行った。

「何だ……。リサか」

「あら、ご挨拶ね。私には飽きた？」

「さっきから五回――いや十回は呼んだぞ。分ってるくせに！」

もつれた舌で言うと、吉郎はリサの腰へ手を回した。

「こら！　悪い子ね」

と、リサが笑って、「どうしたの、こんなに酔って」

「酔っちゃ悪いか？　客を酔わせるのが商売だろ」

「だって、あなたまだ——」

「十八さ。十八のどこがいけないんだ？」

吉郎は、もう半分瞼（まぶた）が下りかけて、トロンとした目でリサを抱き寄せた。

「ちょっと！　——ここじゃだめよ」

と、リサは押し戻して、「人目があるじゃないの」

「構うもんか。——俺は人気者なんだ！　そうだろ？」

「ええ。だからこそ、こういう場所じゃ用心しないと。そうでしょ？」

リサは、吉郎に素早くキスして、「何なら、あなたのマンションまで送るけど」

「送る？　じゃ、泊ってくかい？」

吉郎の目が急に輝いた。

「そのとき次第ね。——じゃ、帰る？」

「一緒に来るんだな？　約束だぜ」

吉郎はリサの手を握りしめた。

「出ましょ。タクシー、呼ぶわ」

「うん……。じゃ、出よう」

立ち上った吉郎はフラついて、転びそうになった。

「ほら、気を付けて！　——ここで待ってて。すぐ来るわ」

リサはフロアマネージャーに、タクシーを頼んで、

「あの調子なら、タクシーで眠っちゃうわ」

「よし、うまくマンションで降ろして、後は管理人に任せるんだ」

「ええ、任せて」

リサは急いで自分のバッグを取って来ると、吉郎の腕を取って、店から引きずるようにしながら階段を上った。

タクシーはもう待っていた。

リサは何度か吉郎のマンションに行っていたので、場所は分っていた。

タクシーが走り出すと、吉郎はリサにもたれて眠り込んでしまった。

リサは、これなら楽だわ、と思ったのだが……。

そううまくは行かなかった。

リサと安井吉郎を乗せたタクシーは道が空いていたせいもあって、二十分ほどで吉郎のマンションに着いたのだが、吉郎は眠ったまま。

運転手へ、

「今、マンションの管理人さんを呼んで来るから、待っててね」

と、声をかけると、リサは一人、タクシーを降りてマンションへ入って行った。

ところが、今夜に限って、受付窓口のボタンを何度押しても管理人は出て来ないのだ。

「もう……。何してるのかしら」

と、苛々しながら呟いたリサは、受付のガラス戸の所に貼ってある紙に気付いた。

〈法事のため、留守にいたします。管理人〉

「何よ、これ!」

リサは思わず言った。

いなくなるのなら、誰か代りの人間を置いとくべきでしょ!

しかし、ここでそんな文句を言っても始まらない。

仕方なく、リサはタクシーに戻ると、運転手に拝むようにして頼んで、吉郎を部屋まで運んでもらうことにした。

「料金、倍払うわ。私のマンションまでなら、あと五、六千円は行くわよ」

運転手は渋々承知した。

二人で両側から吉郎を支えて、何とかマンションのロビーへ。

「待って。――鍵、どこかに」

吉郎のポケットを探って、やっとキーホルダーを見付ける。

オートロックの扉を開け、エレベーターで四階へ。

「――この人、タレントじゃないか?」

と、運転手は訊いた。

「ええ」

「まだ未成年じゃないのか? こんなに酔っ払って」

「色々あってね。——ここだわ」

四階でエレベーターを降り、吉郎の部屋、〈405〉へ。リサは大して力がないので、運転手がほとんど一人で運んでいた。

「ああ、疲れた！」

〈405〉のドアを開け、玄関の上り口に吉郎を下ろすと、運転手は息を弾ませて、

「俺はもう行くよ。料金払ってくれ。この後予約があるんだ」

と言い出した。

仕方ない。リサは余分に払って、

「どうもありがとう」

と、運転手を送り出した。

「世話のやける人ね、全く！」

と、文句を言いながら、このまま上り口に寝かせておいたら風邪を引くかもしれないが……。

「構やしないわ」

と、肩をすくめ、リサは出て行こうとしたが、吉郎を運んで来るときに、下着が妙にずれてしまって気持が悪かったので、一旦トイレに入った。

「——これでいいわ」

ついでに鏡の前で髪を直し、リサはトイレを出た。そして——立ちすくんだ。

吉郎が、目の前に立っていたのである。

5 深夜

「驚いたわ」

と、果梨は言った。

「——うん？　何か言った？」

水田は、半ば眠りかけていたのだ。

「あなたのことよ」

と、果梨はベッドの中で水田に身を寄せて、

「タレントのマネージャーなんて、およそあなたに一番向かない仕事だと思ってたのに……」

「こっちだってそうさ」

水田は果梨を抱き寄せて、「まるで知らない世界だから、却って良かったのかもしれないな」

果梨は夫にキスすると、

「ね、あなた……」

と、少し口ごもりながら切り出した。

「ああ」

「父に言われたの。これからあなたも忙しくなるし、もう少し近くへ越して来ないか、って」

以前の水田なら拒んだだろう。

しかし、今はマネージャーという新しい仕事に都合のいい道を選ぶ気持になっていた。

「同じ家に住むのはちょっと……」

「それは私もいやよ。亜沙子さんとは合わないし」

何しろ果梨より年下の「継母」である。

「だから、実家の近くのマンションを借りて住んだら、って。ちょうど新しいマンションが建ってるの」

「それならいいじゃないか」

「本当？　良かった！」

果梨は嬉しそうに声を弾ませた。

「家賃はいくらだって？」

「知らないわ。父が勧めたんですもの。払わせてやる」

「そうはいかない。自分たちの住む所じゃないか」

「そうね。──あなたのいいようにして」

果梨も、水田のそういう頑固さは好きだった。

「さて、明日は九時に出社だ」

水田は早速〈ＯＭプロ〉の社員になっていたのである。

「起してあげるわ。──五代ユリって、そんなに可愛い？」

「ああ。一生懸命やってるところがいいんだ」

「だめよ、商品に手をつけちゃ」

「おい……。向うは十七だぜ」

と、水田は笑った。

そこへピピピと電子音が聞こえた。

「何の音？」

「ケータイだ」

「あなたの？　こんな着信音だった？」

「いや、今日お義父さんからもらった、仕事用のケータイさ」

ベッドから出ると、水田はバッグの中のケータイを取り出した。

「──水田です」

「遅くにすまん」

近江が言った。

「いえ。何か?」

そばへ来た果梨が、水田の手からパッとケータイを取り上げて、

「お父さん! 何時だと思ってるの!」

「お前か。ちょっと大変なことになったんだ。いや、そうらしいんだ」

「え?」

「水田君に来てほしい。他の社員では困るんだ」

果梨は眉をひそめて、

「どうしたっていうの?」

と訊いた……。


二十分後、水田たちのマンションの前に、車が停った。

運転しているのは、専務の西条である。

水田と果梨がマンションから出て来た。

「——お前も来たのか」

と、近江は言ったが、帰らせはしなかった。

近江と水田、果梨の三人を乗せ、車は走り出した。

「吉郎君がどうしたの?」

「分らん。ともかく酔って泣いているんだ。——口走っていたことが事実なら、大変なこと

になる」

「それって……」

「ともかく、行ってみる」

車は十五分ほどで、安井吉郎のマンションの前に着いた。

「鍵は持っています」

と、西条が言った。

四人は、マンションの中へ入って行った。

「——ここだ」

西条が、吉郎の部屋のチャイムを鳴らした。しばらくは応答がなかったが、やがてドアの向うで物音がして、開く。

「ごめんなさい」

吉郎が、すっかり気落ちした様子で、「僕……」

「ともかく入るぞ」

と、近江が言った。「——どこだ?」

吉郎は、弱々しい声で、

「寝室……」

と言った。

半分開いたドアを開けて中へ入ると、水田は足を止めた。

ベッドにもたれて、女が泣いていた。

裸で、服は辺りに散らばっている。しかも、下着まで引き裂かれていた。

「——誰なんだ」

と、近江が訊く。

「クラブの……リサだよ」

と、吉郎が答えた。

「吉郎の気に入りの子だな」

と、西条が言った。

すると、水田が大股に歩み寄って、ベッドの毛布をはがし、女のそばにかがみ込んで、白い裸身をくるむようにかけた。

女はびくっとして、

「触らないで！」

と、金切り声を上げた。

「分った。ちゃんと着る物を用意するから、それまではこれで。——寒いだろ」

水田が穏やかに言うと、女は泣き止んで、

「——ありがとう」

と、かすれた声で言った。

水田は立ち上って、吉郎の方へ、

「どうしてこんな格好のまま放っておいたんだ！」

と、厳しい口調で言った。

吉郎はちょっと怯えたように首をすぼめ、

「誰だよ、こいつ」

「誰でもいい。この人の肌に傷もつけてるじゃないか」

「だって……約束だったんだ。泊ってくって。それなのに……」

「もういい」

と、近江が言った。「全くお前は……。果梨。この女に着られるものを」

「分ってれば、自分のを持って来たけど……。こんな時間じゃ、どこも店は開いてないし」

「Nホテルはこの近くですね」

と、水田は言った。「ホテルは二十四時間起きています。何か着る物を貸してもらえるでしょう」

「そんなことができるのか」

「勤めていた会社がいつもパーティで使っていたので、知っている人が何人かいます。頼んでみましょう」

「そうか。よろしく頼む。こっちは、じっくり話をする」

と、近江は言った。

「車を使ってくれ」

西条が車のキーを渡した。

水田がホテルから戻って来ると、毛布にくるまったリサは、果梨の作ったスープを飲んでいた。

「――とりあえず一揃いある」

と、水田は紙袋を果梨へ渡し、「君がついていてやってくれ」

「分ったわ」

リサを促して、寝室へ入って行く。

近江がソファに座っていた。

「――彼はどこです？」

と、水田が訊いた。

「吉郎か？　西条が連れ出した」

「しかし――」

「警察沙汰にはしたくない。あの女とは金で話をつけた」

近江は水田を見て、「不服かね」

「吉郎君のためにもなりません。これは暴行事件でしょう」

「分っとる。しかし、表沙汰になれば、女の方も辛い」

「当人がそう言ったんですか」

「ああ。――傷の手当、店を休む間の補償、そして慰謝料だ」

「しかし、吉郎君には何かの形で責任を取らせないと」

水田を見て近江は微笑むと、

「真直ぐな男だな。娘が惚れたのも分る」

と言った……。


「大変な初日になったわね」

と、果梨は言った。

「そうだな」

自宅へ帰るタクシーの中で、水田はじっと腕組みして考え込んでいた。

そろそろ午前四時になる。

安井吉郎に乱暴されたリサという女の子を、近江の知っている病院へ入院させ、やっと帰れることになったのである。

「着いたら起してあげるわ」

と、果梨は言った。「眠ったら?」

「いや、大丈夫だ。それにもうじき着くよ」

と、水田は言って、深く息をついた。

「あなた……。この仕事がいやになったんじゃない?」

と、果梨は訊いた。

「それを心配してたのか」

水田は妻の肩を抱いて、「確かに、もみ消しは良くないと思う。しかし、会社って所には、いくらも理不尽なことがある。それでいちいち辞めていたら、やって行けないよ」

「そう……。良かったわ。でも、こんなこと、滅多にないのよ」

「そりゃあ、年中あったら大変だ」

と、水田は笑って言った。「ただ、吉郎君には、きちんと責任を取らせないと」

「分ってるわ。父だって、放ってはおかないわよ。たぶん、芸能界を去ることになるでしょ」

「それが当然だ。ただでさえ謹慎中なのに」

「甘やかし過ぎたのよ、若いからって」

――やがてタクシーは二人のマンションの前に着いた。

水田は八時前には起きて、〈OMプロダクション〉に出勤しなくてはならないので、すぐベッドへ潜り込み、五分とたたない内に寝入った。

果梨は、夫がぐっすり眠っているのをしばらく眺めていたが、自分のケータイを手にして居間へ行った。

「――もしもし、お父さん」

「果梨、もう帰ったのか？」

と、近江は言った。

「さっきね」

「水田はどうだ？　気にしてるか」

「当り前よ。でも、今のところ辞めるとまでは言ってないわ」

「まあ、うまくなだめてくれ」

「でも、うやむやに片付けたら、きっとあの人のことだもの、辞表を出すわ」

「まあ、当人はしょげてるがな」

「ともかく、本人が心から反省してるってところを見せないと。主人のためじゃないわ。これをもみ消したら、吉郎君、また同じようなことを起すわよ」

「ああ、分ってる。お前は心配しなくていいから、体を大事にしろ」

「ええ、もちろん。――じゃ、明日からよろしくね。もう今日だわね」

と、果梨は言って、通話を切った。

果梨は不安だった。

夫が、やっと父の仕事を手伝って、やる気になっているというのに、その出鼻をくじくような、今度の事件だ。

もともと、果梨は父が安井吉郎を妙に甘やかしているという気がして不満だった。

いずれ父が引退するとき、水田が後を継ぐ。それが果梨の夢だったのである。

水田のやる気に水を差してほしくない。

しかし、この調子では父は吉郎の一件を表沙汰にせずに済ませるつもりだろう。

果梨はしばらく居間のソファで考え込んでいたが……。

「──そうだわ」

果梨はケータイに登録した番号を探した。

「これこれ。──どうせ起きてるわね」

かけてみると、しばらく呼出し音が聞こえた後、

「誰だ？」

と、唸るような声が聞こえて来た。

「酔ってるのね、また」

「──誰？」

「とっくの昔に忘れちゃったでしょ。かつての彼女なんか」

しばらくして、

「──果梨？　果梨か？」

「当り」

「驚かせるなよ！」

「周り、うるさいわね。飲んでるの？」

「うん……。そろそろ帰ろうかと思ってたとこだ」

「こんな時間に？　相変らずね」

と、果梨は笑った。

「どうしたんだ？　旦那とケンカでもしたか」

「残念でした。至って円満。私、今度母親になるのよ」

「へえ！　お前が母親？」

「何よ、その言い方」

「ま、おめでとう。——それで、俺に何の用だい？　出産祝でも出せっていうのか」

「近いわね」

と、果梨は言って、「でも逆にあなたにプレゼントがあるの」

「俺に？」

「取っておきのネタよ」

「へえ。何だい？」

「吉郎君のこと」

「安井吉郎？　あれは謹慎中だろ」

「ええ、でもね、また問題を起したの」

「そいつは面白そうだな」

浅川卓也（あさかわたくや）は、週刊誌の記者である。

果梨は若いころ、浅川と恋に落ちたことがあった。

「記事にしてくれる？」

「もちろんさ！　しかし、どういうわけだ？」

「その事情は知らなくていいわ。吉郎君のことだけ、教えてあげる」

と、果梨は言った……。

6　魅惑

パーティはにぎやかだった。

立食なので、退屈した近江亜沙子はウイスキーのグラスを手に、ブラブラと会場の隅の方へと歩いて行った。

「どうしました」

いつの間にか、専務の西条が立っている。

「来てたの」

「仕事ですよ。——社長の代りで」

「主人は？」

「スポンサーとの会食です」

少しの間、亜沙子は黙ってウイスキーを飲んでいた。

「——不機嫌そうですな」

と、西条は言った。

「まあね」

「水田さんのことですか」

亜沙子はジロッと西条を見て、

「失敗もせず、何とかやってるらしいじゃない」

「ええ、とても頑張ってますよ。意外でしたね。あの堅物が、あそこまでこの仕事に熱中するとは」

「でも今はまだ一タレントのマネージャーだわ」

「しかし、水田さんがマネージャーになってから、五代ユリは着実に人気が出て来てますよ」

「そうなの？」

「ここだけの話ですが」

と、西条は少し声をひそめて、「二時間ドラマで、初めは旅館の下働きの役だったのが、たまたま副主役の女の子が病気で降板して、ユリがその役を手に入れたんです」

「へえ」

「水田さんが、プロダクションだけじゃなく、スポンサーを回って、ユリを売り込んだそうですよ」

「——気に入らないわ。主人の後を狙ってるんだわね」

「さあ。本人はそんな気、ないでしょう。ただ新しい仕事が面白いんじゃないかな」

「でも、主人は気に入ってるわ」

「ええ、もちろん」

「あなた、気にならないの?」

西条はニヤリと笑って、

「私はもともと、縁の下の力持ちです。初めから社長のポストを狙ったりしていません」

「本心? 怪しいもんね」

「私はいつも正直です」

と、西条は言った。

「ユリちゃんはどうなの?」

「どう、というと?」

「水田に惚れてるってことは? 商品に手をつけたら、主人が怒るわ」

「ユリの方は憧れてるかもしれませんね。しかし水田さんはそれほど馬鹿じゃありませんよ」

「でしょうね」

と言って、亜沙子はつまらなそうに、グラスを一気に空(から)にした……。

「水田さん！　どうだった？」

ユリが駆けて来て言った。

今日はバニーガールではなく、自前のドレスだ。

「良かったよ！」

水田は、ユリの肩を軽く叩いて、「凄く自然で良かった」

「本当？　嬉しい！」

ユリは飛びはねんばかりだった。

「さ、着替えておいで。——この後は少し時間がある。ゆっくりお昼を食べよう」

「うん！　お腹ペコペコ！」

と、おどけて言うと、ユリは楽屋へと駆けて行った。

水田は腕時計を見た。——昼は一時間かけて、ゆっくり食べられる。

仕事の入り方によっては、昼食を十分足らずで食べなくてはならないこともある。

ユリは少し胃が弱いので、あまり急いで食べると後で気分が悪くなったりするのである。

一時間あれば大丈夫。

水田は、ユリが確実に売れて来ていることを喜んではいたが、同時に、「詰め込めるだけ仕事を入れる」という方針には反対だった。

新人タレントの場合、「仕事を断る」などとんでもない話なのだが、忙し過ぎると結局長く続かなくなる。

水田はユリを長く芸能界で生きていけるタレントにしたかった。

スタジオの廊下でユリを待っていると、

「失礼」

と、声をかけられた。

「はい、何か？」

「五代ユリさんのマネージャーさん？」

ツイードの上着の五十代の男で、水田はどこかで見た顔だと思った。

「そうですが……」

「僕はシナリオ書いてる堀田（ほった）という者です」

「ああ！　失礼しました」

堀田久士（ひさし）。――今、ＴＶドラマのシナリオの世界では、第一人者の一人である。

もともとＴＶドラマなど、熱心に見たことのなかった水田である。

この仕事になってから、できるだけ話題になった番組は見ているが、なかなか時間が取れない。

そんな水田でも、堀田久士の名は知っていた。決して視聴率を狙うドラマではないが、良心的で社会性のあるものを書いて評判が高い。

「ユリは今、楽屋で着替えていますので」

と、水田は言った。「すぐここへ参りますから」

「いや、ユリさんのことはよくＴＶで見ています」

と、堀田は言った。「なかなか真面目に仕事をしている」

「ありがとうございます」

「これは僕の個人的な希望なので、どうなるか分らないが」

と、堀田は言った。「今度頼まれているシナリオがあってね、それにユリさんに出てほしいのだが」

「それは――」

と、水田は言いかけて、どう続けたものか分らなかった。

「いや、もちろん、君のプロの社長とも話す必要があるだろうがね」

と、堀田は言った。

「いえ、とんでもない！」

と、水田は息をついてから、「ぜひ、ユリを出してやって下さい！」

「そう思ってるのかね？」

「もちろんです。先生の作品なら、どんな小さな役でも結構です」

堀田は微笑んで、

「なるほど」

と肯いた。「聞いた通りだ」

「とおっしゃいますと？」

「人から聞いてね。五代ユリのマネージャーは、なかなか面白い人間だと」

水田は苦笑して、

「恐れ入ります」

と言った。「それは単に、素人で、この世界のことをよく知らないというだけのことでしょう」

「いや、それはいいことだよ。この世界に慣れると、ろくなことがない」

堀田の口調には、実感がこもっていた。

「ですが、ユリについては、ある程度私が任されています。ぜひ使って下さい」

「君は、普通のサラリーマンだったって？」

「はあ。一応停年まで勤めました」

「それで〈OMプロ〉へ？」

「社長の娘と結婚していまして」

堀田はなるほど、という顔で、

「そういうわけか。——しかし、六十過ぎて、よくこの世界へ入る気になったね」

「いずれ再就職しないと、食べていけませんから」

「しかし、全く別の世界だろう？」

「却って新鮮です」

「そうか。——いつまでもそうだといいがね」

「ありがとうございます」

「じゃ、今の件は、正式に決ったら連絡するよ」

「どうかよろしく」

「ただ……承知しておいてほしいことがある」

と、改った口調で、「ただセリフを憶えてしゃべればいいとはいかない。役者として訓練を受けていないと、だめ出しされても何を言われているか、理解できないだろう」

「分ります」

正直なところ、今までユリが出たドラマの役は、

「セリフを間違えなきゃいい」

というので済んでしまうレベル。

「ちゃんとキャラクターのある役をやるのなら、発声や体づくりだけでなく、本格的な演技を学んでもらわないとね」

と、堀田は言った。

「分りました」

「そこを了解しておいてほしい。使おうと思っても、無理だということもある」

「はい。——その辺のことは、社長と相談して、予め勉強させておきます」

「頼むよ」

堀田は手を差し出した。握手をすると、

「君は色んなことを分ってくれていそうだ」

そこへ、

「お待たせ！」

と、ユリが大きなバッグを肩からさげて、駆けて来た。「あ……。ごめんなさい」

と、堀田に気付いたが、誰かは分らない様子。

「ユリ、シナリオライターの堀田久士先生だ」

たぶん、名前を聞いてもユリにはよく分らないだろうが、それでも仕込まれているので、きちんと挨拶はできた。

「よろしく」

堀田はユリとも握手をして、「じゃ、これで」

と、立ち去って行く。

その足どりは、いつもせかせかしているTV局の人間とは全く違って、一歩ずつがしっかりして見えた。

「偉い人なの？」

ユリは無邪気に訊いた。

「ああ。――ユリにとっても、知り合って決して損にならない人だよ」

と、水田は堀田の後ろ姿を見送ってから、

「さあ、昼飯にしよう。何が食べたい？」

と訊いた。

ケータイが鳴った。

果梨は、デパートの家具売場を歩いていた。

会社に近いマンションをほぼ決めて、そこに入れる家具を見て回っていたのである。

「――もしもし、お父さん?」

そろそろかかって来るだろうと思っていた。

「今どこだ」

父の声は不機嫌そうだった。

「デパートよ。家具を見てるの。どうかしたの?」

「お前、浅川って男を知ってたな」

「浅川って……。浅川卓也のこと?」

「ああ。そんな名だったか。記者だ」

「週刊誌のね。今はどうしてるか知らないけど」

「以前は付合っとったんだろう?」

「まあね。それがどうかしたの?」

「週刊誌に、吉郎のことが載る。それが浅川って記者がかぎつけたらしい」

「へえ。――吉郎君の、この間の件?」

「そうだ。うまくもみ消したつもりだったがな」

「誰かがしゃべりゃ、必ず広まるわよ」

「お前じゃないだろうな」

「どうして私が？　今さら浅川なんかに会いたくないわ」

「それならいいが……」

「それだけ？」

少し間があって、

「記事を止められないか」

と、近江は言った。

「私が？」

「まあ――昔の恋人だろ」

「そんなこと……。私が言っても、まずだめだと思うけど」

「そうか」

「いつ載るの？」

「来週号だ。今ならまだ間に合う」

「でも……。ね、お父さん」

果梨は、売場の隅のソファにかけると、「どうしてそんなに吉郎君をかばうの？　他の子なら、とっくにクビでしょ」

近江はまた少し黙っていたが、

「――色々とわけのあることだ」

「話してよ。何なの？」

果梨の問いにも、近江は、

「その内な……。今はそれだけだ」

と言って、切ってしまった。

「変ね」

と、果梨は首をかしげた。

父らしくない。吉郎に関しては、何か隠している。

果梨はケータイをしまうと、立ち上った。

少しめまいがした。

妊娠のせいか、時々こんなことがある。

もう一度ソファに身を沈めて、目をつむっていると、じきに良くなった。

「気分はいかが？」

という声に目を開けると、目の前に水田の前の妻、福原綾乃が立っていたのである。

一瞬、果梨の背筋を冷たいものが走った。

しかし、すぐに立ち直った。大丈夫。ここはデパートの中だ。危いことなどあるものか
……。

「ええ、ご心配いただいて」

と、果梨は言った。

「心配はしてませんけど」

と、福原綾乃は微笑んで、「あなたも、私に心配されたくないでしょう」

果梨は相手になるまいと決めて、

「何かご用ですか?」

と訊いた。

「いえ、ただ偶然お見かけしたものだから」

偶然? 本当だろうか?

「お元気そうで」

と、果梨は言った。

「おかげさまで。——あなたはおめでたそうね」

「よくご存知ですね」

「良かったわね。あの人は元気にしてる?」

「ええ」

と、果梨は肯いて、「父の会社で働いています」

「まあ」

綾乃はちょっと眉を上げて、「じゃ、芸能プロで? 何をしているの?」

「マネージャーです。若いタレントの」

「あの人が……」

綾乃の目に、チラッと不愉快そうな本音の色が浮んだ。

「新鮮で楽しいと言ってます」

「なるほどね」

綾乃はちょっと皮肉っぽく、「あの人もあなたと暮して、堕落したようね」

「どういう意味ですか」

「以前のあの人なら、そんな芸能人にくっついて歩くなんてこと、するわけがないってこと」

「マネージャーだって、立派な仕事です」

「あなたから見ればね」

果梨は一旦息をついて、ここで怒っても仕方ない、と自分に言い聞かせた。

「ご用がなければ、これで」

と、果梨は立ち上った。

「ええ、私も買物があるから」

「ごゆっくり」

と、わざとらしく会釈（えしゃく）して、果梨はエスカレーターの方へ歩き出した。

少し行って振り返ると、綾乃の姿は見えなかった。

下りのエスカレーターに足を踏み出したとき、誰かの手が果梨の背中を押した。

客の姿は少なかった。

「下りのエスカレーターは向う側ね」

今日は帰ろう。――また出直せばいいわ。

少し迷ったが、綾乃に会って、一人でのんびりと歩く気分でなくなった。

と呟くと、果梨は、「あ、まだ買う物があったわ」

「――言わせとけばいいんだわ」

7　怒りと悲しみ

ケータイが内ポケットの中で震えた。

水田はちょっとためらってから、スタジオの隅へと足早に移動した。

まだ本番ではないが、スタジオの中でケータイを使っていたら、スタッフに文句を言われる。

取り出してみると、果梨からだ。

果梨も、こういう状況に夫がいることは分っているはずである。分っていてかけて来ている。

「――もしもし」

と、水田は小声で出た。

「あなた、ごめんなさい……」

いつもの果梨の声ではない。

「どうした？」

「ちょっと……」

少し間があって、他の女性が出た。

「Nデパートの者です。奥様は今、デパートの医務室で休んでおられて」

「家内が？　具合が悪くなったんですか？」

「エスカレーターで転倒されて……」

水田の顔から血の気がひいた。

「それで……」

「転びかけただけで、ちょっと膝をすりむいておられますが、大したことはありません。ただ、ショックで貧血を……。今、替ります」

「――あなた」

「果梨、大丈夫か」

「押されたの」

「何だって？」

「誰かに背中を押されて」

「──本当か。確かに？」

「その直前に、あの人に会ったわ」

「あの人？」

と訊き返して、「──綾乃か」

「ええ」

水田は少しの間言葉が出なかった。

「──あなた」

「今すぐ、そっちへ行く」

「でも、仕事中でしょ」

「何とかなる。いいか、そこで休んでろ」

「ええ」

果梨の声に、安堵の気配があった。

通話を切って戻ると、ユリがキョロキョロと水田を捜していた。

「すまん」

「あ、良かった！　トイレ？」

「いや……。ユリ、すまないが、君一人で大丈夫か」

「え?」

水田が事情を話すと——むろん、果梨が誰かに突かれたことは言わなかったが——ユリはすぐに肯いて、

「早く行ってあげて! 私は大丈夫。この次はインタビューね」

「代りに誰か行かせるよ」

「平気よ。子供じゃないんだもの。ね、奥さん、心細い思いしてらっしゃるわ。早く行ってあげて」

「そうか。すまない」

水田はユリの頰を手で触れると、「連絡するよ」

「ええ。——さあ、早く!」

ユリは水田を押しやるようにして、スタジオから出て行かせた。

そして……残ったユリの顔に、寂しげな色が浮んだ。

「いいなあ……」

あの人の赤ちゃんを身ごもってる。——それがもし私だったら、どんなに幸せだろう。

でも、あの人にとって、私は「仕事の相手」でしかないんだ。

もちろん、そんなことは承知の上で、それでもユリはせつない思いに胸が痛んだ。こんな気持になったのは、生れて初めてだ……。

「こちらです」

案内されて、水田は医務室の中へと入って行った。

「——果梨」

果梨はもう寝てはいなかった。ソファにゆったりとかけて、お茶を飲んでいる。

「あなた……。ごめんね、仕事中に」

「いいさ。——傷は？」

「手当してもらったわ。大したことないの」

微笑んではいるが水田が隣に座ると、手をギュッと握って来た。内心の心細さが伝わって来る。

「綾乃と話したのか」

「少し。——でも、見たわけじゃないのよ。誰が押したのか」

「だが……」

そこへ、

「あの……」

と、スーツ姿の女性が立っていて、「ご主人様でいらっしゃいますね」

「家内がお世話になって」

と、水田は立ち上って言った。

「いいえ、とんでもない。——あの、実は上の者に言われまして」

「はあ」

「奥様のお話では、誰かが故意に奥様を押したということですが……。あの……誰かがよろけてぶつかったということも……」

言いにくそうにしているが、水田にも察しはついた。

もし誰かが果梨を突き落とそうとしたのなら警察沙汰になる。デパートとしては、あくまで「事故」ということにしておきたいのだ。

「お気持は分ります」

と、水田は言った。「警察へ届けても、家内が押した人間を見ていないのですから取り上げてくれないでしょう。私どもに心当りはありますが、これは内輪の問題です。——果梨、いいね？」

「ええ、分ってるわ」

果梨は立ち上って、「もう大丈夫。お世話になりました」

と、礼を言った。

——二人はデパートを出ると、タクシーを拾った。

「父の所へ帰ってるわ」

「一緒に行くよ」

「でも……」

「一人で帰せないよ」

果梨は嬉しそうに笑った。

「じゃあ、家へ帰りましょ」

「どうして？　お父さんの所でも──」

「二人になりたいの」

と、果梨は言った……。


カーテンの隙間から、夕陽が射し込んでいた。

果梨はベッドの中で夫の胸に身をあずけて、

「昼間に抱かれたのなんて、久しぶり」

「そうだな」

水田は果梨を抱き寄せた。「これから出かけるときは、誰か一緒の方がいいな」

「大丈夫よ。用心するから」

「しかし……」

「あの人を責めたって、認めるわけないし。──何も言わないで。もちろん父にも」

「いいのか？」

「こじれたら、逆に危険でしょ」

「確かにそうだが……」

──押されたとき、果梨はとっさにエスカレーターのベルトにしがみついて、下まで転り落ちるのをまぬがれたのだった。

もし転落していたら、と思うと、水田はゾッとした。

放ってはおけない、と水田は思っていた。

「ともかく、早く引越そう」

と、水田は言った。「君のお父さんの近くなら、何かと安全だろうし」

「そうね。大体、いい家具の見当はつけてあるの」

と、果梨は言った。

「家具なんか後でもいいさ。ともかく必要な物だけ揃えれば。――明日でも引越すか」

「待ってよ」

と、果梨は笑って、「いくら何でも……」

しかし、世の中、金次第というものである。

水田が近江へ電話して、事情を説明した。

五代ユリを一人にして来たことも話しておかねばならない。

「分った」

と、近江は即座に言った。「明日だな」

「可能でしょうか」

「可能にする」

と、近江は言った。

——一時間すると、引越し業者がやって来て、打ち合せをした。

「では明朝九時に伺います」

と、担当者は言って、帰って行った。

「やればできるのね……」

と、果梨もさすがにびっくりしている。

「時にはこういうコネを利用するのも必要さ」

と、水田は果梨の肩を抱いて言った。

「でも——いいの、あのユリちゃんって子、放っといて」

「あ、そうだ。インタビューくらいは一人で大丈夫だろうがな。——じゃ、ちょっとTV局へ行ってくる」

「ええ、そうして」

「夕飯には帰るよ」

水田は身支度をして、果梨に素早くキスした……。


「あ、水田さん」

ユリの顔がパッと明るくなった。

「やあ、すまない!」

水田は息を弾ませ、「問題なかった?」

「ええ」

「もうリハーサルは終った？」

「セリフ、三つしかないもの」

と、ユリは笑って、「でも、一生懸命やったわ」

「それでいい」

水田はユリの肩を叩いた。

学園物のドラマで、ユリは主役の子のクラスメイトだ。一回出るだけなので、役名もない。

ブレザーにネクタイというスタイルが、ユリにはよく似合っていた。

いつかきっと、この子をドラマの主役として輝かせて見せる。——水田はそう心に誓った。

ユリが水田を見て、

「奥さん、大丈夫だったの？」

と訊いた。

「え？　——ああ、大丈夫だった。ちょっと膝をすりむいたくらいでね」

「良かったわ。用心しないとね」

「うん。ありがとう」

水田の笑顔を見ると、ユリの体がカッと熱くなる。——何てやさしい、すてきな笑顔なんだろう！

でも、その一方で、ユリは心の奥底で思っていた。

奥さんがエスカレーターから転げ落ちて、打ちどころが悪くて亡くなっていたら……。水田さんはきっと悲しいだろうけど、それを私が慰めてあげる。そして、いつか水田さんも私を「女」として見てくれるようになる。

そうしたら、私は……。

「ユリ、出番だ」

と、水田が言って、ユリはハッと我に返った。

「ごめんなさい！」

つい、そう言っていた。

「どうしたんだ？」

「いえ……。何でもないの」

「さあ、しっかりやっておいで」

「はい！」

ユリは駆け出した。

ユリの胸は後悔と寂しさの両方で痛んでいた。――私って、何てひどい女だろう！　水田さんを悲しませるようなことを望んだりして。

私は――私は、水田さんが幸せでいてくれたらそれでいい。そうなのよ。

「はい、クラスメイトの子たちはこっち」

と、ＡＤが台本を手に言った。「この辺に固まって」

「すみません」

と、ユリはＡＤに言った。「ちょっと台本見せて下さい」

「台本？」

「セリフ、どこに入るのか、もう一度確かめたくて」

「ああ。――ここだな」

ちゃんと憶えてはいるけれど、念には念を入れて！

「ありがとうございました」

ユリは他のクラスメイト役の子たちの中へ入って行った。


「よくやった」

水田は、本番を終えて戻って来たユリに言った。

「ちゃんと言葉、聞き取れた？」

「ああ、しっかり聞こえた。着替えておいで」

「はい！」

ユリを待つ間、水田は局の廊下へ出て、給茶器でお茶をいれて飲んだ。

「失礼」

という声に振り向くと、背広にネクタイという格好の男が立っている。

「何か？」

「そうですが……」

「五代ユリさんの事務所の人だね」

一見サラリーマン風だが、水田はすぐにその男が暴力団の関係者だと分った。身についている雰囲気というものがある。

男は三十代半ばくらいか、ただのチンピラではない。

「おたくの社長さんへ伝えといてくれ。吉郎をもっと大事にしろってな」

「吉郎とは――安井吉郎のことですか」

「そうとも。どうも、社長さんに嫌われて、TVから干されてるらしいじゃないか」

「いえ、一時的な謹慎です」

「それにしたって、社長さんも頭が固いじゃねえか。若い内は誰しも色々あるもんだ」

「あなたは――」

「俺はただのファンさ」

と、男は言った。

口もとに笑みは浮かべているが、目つきは鋭い。

「ぜひ、吉郎にいい仕事をさせてやってくれよ」

「社長へ伝えます」

と、水田は言った。「それには、せめてお名前だけでも」

「俺は松木。松木貞夫っていう者だ」

「松木様ですね。お言葉は確かに」

「頼むぜ。あんたは信用できそうだ」

そこへ、ユリがバッグを肩からさげてやって来た。松木と名のった男はチラッとユリを見て、

「ああいう可愛い子が事故にでも遭ったら可哀そうだろう」

と言った。「よく考えるんだな」

冗談めかしてはいるが、本気だ、と水田は思った。

「邪魔したな」

松木という男は、ちょっと肩をそびやかして立ち去った。

ユリがそれを見送って、

「誰？　何だか気味の悪い人」

「ああ。——君には関係ない。さあ、お腹が空いただろ？　何がいい？」

水田は笑顔になって言った。

8　引越し

その夜は、明日の突然の引越しの準備に追われた。

水田が帰宅すると、引越し業者から段ボールが何百と届いていて、食器や本などは業者が明朝来て詰めてくれることになっていたが、重要な物や個人的な品は自分で詰めなくてはならない。

果梨にあまり重い物は持たせられないので、水田が汗をかきながら、指示を聞いて詰めて行った。

「一休みしよう」

と、水田が息をつくと、チャイムが鳴った。

「――お父さん！　どうしたの？」

近江益次がやって来たのだ。

「伝言を聞いた」

と、水田へ言って、「お前にも話しておかんとな」

「何のこと？」

水田は松木のことを、果梨に言っていなかった。余計な心配をかけたくなかったのだ。

水田が松木のことを説明すると、

「お父さん……。吉郎がどうして?」

「それを話しに来た」

と、近江は言った。「何か──ビールでもないのか。まあいい。茶をくれ」

「あの男をご存知ですか」

「うん。暴力団の幹部だ。こういう芸能関係を取り仕切っている」

「どうしてその男が……」

「二年ほど前だ。うちの事務所にいた歌手が地方都市でショーをやった。前もって、現地の警察にも出向いて調べたが、特に挨拶が必要な相手はいないと言われた」

「ところが、ってわけですね」

と、冷たいお茶を出して、水田が言った。

「うん。終った後で、会場を出ようとすると、車がない。そして電話で、『無断でショーを開いた落し前をつけてもらう』と言われた」

「警察は?」

「グルだったんだ。もともと地元のヤクザとくっついて、利益を分け合っていた」

「まあ、ひどい!」

「抵抗してどうなるものでもない。──金で話をつけることにして、一千万持って行った。

すると、向うが『半分にまけてやる』と言い出した。『その代り、組長の坊っちゃんを芸能人として売り出してくれ』と言われた」

「それが吉郎君ですか」

「ああ。いやとは言えない。——預かるが、人気までは保証できないと言ってやった。ともかく吉郎をうちの事務所に入れたんだ」

「そのせいで、あんなにわがままなのね」

「松木まで出て来るとはな。言うことを聞かなければ、何でもやる連中だ」

近江は果梨を見て、「あの週刊誌の記事、何とかならんか」

果梨もさすがに考え込んだ。水田には初耳で、

「何です、それは?」

話を聞くと、「——その週刊誌もまずいことになる。君の知り合いがいるのか」

「ええ……。昔の……恋人」

と、口ごもる。

「わけを話せば、記事は止めるさ。僕が話そう」

「いえ、私が——。その方がいいわ」

「それなら任せるよ」

と、水田は肯いて、「しかし、このままずっと吉郎君を……」

「俺も頭が痛いんだ」

と、近江はため息をついた。

水田は、果梨が浅川という記者へ電話しているのを聞きながら、

「社長。いずれは手を切らないと、もっと困った事態になります」

と言った。

「うん。――何かいい手はあるか」

「圧力をかけても抑え切れないような事件なら……。マスコミが報道してしまえば、どうしようもありません」

「そうだな」

「私は会社で総会屋対策もやったことがあります。何か方法を考えましょう」

「そうか。頼む！」

と、近江は頭を下げた。

果梨が戻って来て、

「話したわ。あわてて記事は没にする、って」

「そうか」

近江はホッとした様子で、「じゃ、明日は引越し先で待ってるぞ」

と、立ち上った。

翌日は引越し日和。――などと呑気なことを言ってはいられない。

朝から、水田たちのマンションは大騒ぎだった。

引越しの荷物を作るだけでも大変で、結局段ボールの山に埋もれそうになって、水田と果梨が、大声で、

「おい、果梨、どこだ！」

「あなた！」

と、呼び合うという事態になってしまった。

それでも昼食の後にはトラックに次々に荷物が積まれる。

午後二時ごろには、トラックの列（は、少し大げさだが）が出発できたのである。

水田と果梨は、先に近江が回してくれたハイヤーで引越し先のマンションに着く。

マンションの前で、近江が待っていた。

「お父さん！」

「やあ。遅かったな」

と、近江が言った。

水田は苦笑して、

「これ以上は、巨人がいても早く済みませんでしたよ」

と言った。「お世話になります」

「ああ。もう何十人も待ち構えてるぞ」

近江の言葉が、少しも大げさでないと知ったのは、トラックが姿を見せて、マンションか

ら同じ作業服の男たちがドッと出て来たときだった。

「人海戦術」の言葉通り、マンションの部屋が人で埋まりそうな勢い。

段ボールを開けて、食器などをちゃんと棚へ入れるところまでやってもらって、水田も果梨もすることがない。

結局、業者が引き上げて行ったのは、もう暗くなってからだった。

「――台風みたいだったわね」

と、果梨が言ったのは実感だったろう。

「ありがとうございました」

水田は近江に礼を言った。

「なに、果梨が近くに来て、嬉しいよ」

と、近江は笑って、「俺は今日パーティがある。亜沙子の知り合いの関係でな」

「行ってらっしゃい」

と、果梨は言った。「後はゆっくり片付けるわ」

「ああ。――じゃ、水田君、明日はいつも通り頼むぞ」

「承知しています」

近江が帰って行くと、水田と果梨はマンションの部屋を見回して、

「何だか広いな。――倍くらいの面積があるんだろ?」

「その内、子供部屋も必要だもの」

果梨はそう言って水田にキスすると、「私、お腹空いたわ！」

「そうだな」

と、水田も笑った。「そういえば昼はろくに食べてない。どこかへ食べに出るか」

「賛成！」

と、果梨は言った。


果梨は、スパゲティを猛烈な勢いで平らげた。

「おい、大丈夫か？」

と、水田が呆れながら心配するほどだった。

ホテルの中のレストランとしては、ごく普通の料金で食べられる店で、二人も時々使っていた。

「――ああ、少し落ちついた！」

と、果梨はホッと息をついた。「――あら、こんなに混んでたのね」

「気が付かなかったのか？」

と、水田は苦笑した。

「それほどお腹空いてたの」

と、果梨は言って、「さあ、ピザも食べようかな」

「え？」

「二人分だもの」

と、果梨は澄ましてメニューを取り上げた。

「――おい」

「心配しないで。小さいサイズにしとくから」

「いや、そうじゃない」

と、水田は少し身をのり出して、「見ろよ、あれ」

「何？」

果梨は、水田の視線の先へと顔を向けた。

「――まあ、峰山さんだわ」

近江の秘書、峰山宏子が、男と二人で食事していたのである。

「相手の男、知ってるか？」

「いいえ。見たことない」

水田は水を一口飲んで、

「あれが、俺の所へやって来たヤクザの松木って男だ」

と言った。

「――まあ」

果梨は唖然（あぜん）として、「峰山さんが？　そんなことって……」

「向うはこっちに気付いてない」

と、水田は言った。「様子を見ていよう」

「ええ……。でも、父が知ったらショックだわ、きっと」

果梨ももちろんショックだったろうが、それでもやはりピザを頼んだ。それもレギュラーサイズで。

水田は食事しながら、峰山宏子と松木のテーブルをそっと観察していた。

松木はいやに穏やかで、こうして見ていると、とてもヤクザとは思えない。そして、峰山宏子は、話をしながら、ときどき声を上げて笑った。

「――峰山さんがあんなに笑うのって、初めて聞いたわ」

と、果梨が言った。「ああいう風に笑う人だって知らなかった」

「同感だ」

と、水田は肯いて、「君のお父さんを裏切ってると分っていたら、ああ無邪気には笑えないような気がする」

「どういう意味？」

水田は少し考えて、

「――どうだ。とりあえず、このことはお父さんに黙っていちゃ」

「私はいいけど……」

「僕が少し当ってみる」

と、水田は言った。「あんなに楽しげな恋人たちに水をさすようなことは、あんまりしたくない」

——水田たちの方が先に食事を終えた。

「君、一人で帰れるか？」

「もちろんよ。タクシーで帰るわ」

「じゃ、僕は残って様子を見る」

水田は、果梨を先に帰すと、レストランの表で待っていた。

二十分ほどして、峰山宏子と松木が出て来た。

「いつもおごってもらっちゃ申し訳ないわ」

と、峰山宏子が言った。

「大丈夫だよ。給料日まですぐだ」

と、松木が言った。

二人は足を止めると、少しの間黙っていた。

「——宏子さん」

「今夜はだめなの。ごめんなさい」

と、宏子が急いで言った。「また……。また今度ね」

「分った」

松木は微笑んで、「じゃ、駅まで一緒に歩こう」

「ええ」

ホテルを出ると、二人は身を寄せ合って歩き出した。水田はその二人を尾けて行く。

地下鉄の駅で、宏子は松木と別れた。

話している内容は分らなかったが、次の約束をしているのだろう。

宏子は手を振って、地下鉄の改札口を入って行った。

松木は、ホームへの階段を下りて行く宏子が見えなくなるまで見送って、それから足早に立ち去った。

水田は地下鉄のホームへと下りて行った。

宏子はホームで電車を待っている。

靴先で足下を軽くけりながら、頭の中で楽しげにステップでも踏んでいるかのようだ。その横顔には、まだ笑みが浮んでいる。

水田はさりげなく宏子のそばに寄って、咳払いした。

「――まあ！　水田さん」

宏子はびっくりして、「こんな所で……」

「こっちこそびっくりですよ」

と、水田は微笑んで、「楽しそうでしたね、彼氏と」

「見てらしたの？　いやだわ」

宏子はポッと頬を染めた。

「いいじゃありませんか。とても可愛いですよ」

「人をからかって！　——笑ってらっしゃるのね、いい年齢をして、って」

「とんでもない。恋をするのに、年齢制限はありませんよ」

「ああ、そうね。水田さんだって、果梨さんと……」

「どういう人なんです、あの男性？」

「どういう、って……。見たでしょ？　あの通りの人よ。ごく普通のサラリーマン」

「やさしそうな人だ」

「ええ。分るでしょ？　本当にやさしい人なの。決して無理を言わない」

「少しぐらい無理を言ってほしいのにね」

宏子はちょっと笑って、

「そうなの！　でも、そうは言えないわ」

松木が何者か、彼女は知らないのだ。水田にははっきりと分った。

よりによって、近江の秘書の峰山宏子が、松木と付合っているとは……。

困ったことでもあったが、しかし水田は少し様子を見ようと思った。

「今回、お引越しは無事に終えられて？」

と、宏子は訊いた。

「おかげさまで。峰山さんが色々手配して下さったんでしょう？」

「そんな……。近江さんに言われて、いくつか電話をかけただけよ」

「ありがとうございました。無茶なお願いをして」

「いいえ。果梨さんのためなら、どうってことないわ」

と、宏子は言った。「これからお帰り？」

「ええ」

「ユリちゃんが、とてもあなたのことを信頼してるって。――本当にこのところ、ユリちゃん、輝いてるわ」

「それは当人の持ってる素質ですよ。マネージャーに大したことはできません」

「そうかしら？　でも、安心して任せられる人がいるって、大切なことよ」

「僕はまだ新人ですからね」

「そうか。どうりで若いわけね」

と、宏子は言って笑った。

「おやおや、やられたな」

と、水田も笑って言った。

「電車が来るわ」

と、宏子は言って、「――水田さん」

「分ってます。誰にも言いませんよ。僕は口が固いんです」

「ありがとう」

宏子はホッとした様子で、「この年齢で、何だか照れくさくて」

と言うと、ちょっと肩をすくめた。

ホームに電車が入って来た。

9　背信

いつもの六本木のクラブ。

入口に立った、体格のいい黒服の男が、やって来た客をジロッとにらんでいる。

「おい」

と、松木が声をかけると、

「あ、松木さん！　失礼しました。気付きませんで！」

と、黒服があわてて頭を下げる。

「いつも言ってるだろう。客にいやな思いをさせたら、客商売はやっていけないんだ」

と、松木は言った。

「へえ……」

「『はい』と言え。ここは高級クラブだぞ。組の事務所じゃない」

「すみません」

「金を払ってくれる客を大事にしろ」

と、松木は言った。「社長は?」

「おいでです」

松木は重いドアを開けて中へ入った。

音楽が流れ、照明はソフトで、寛げる雰囲気である。

「いらっしゃいませ、松木様」

と、支配人が急いでやって来る。

「社長は?」

「ゴールドルームに」

松木はちょっと苦笑して、

「またアンナと一緒か」

「はあ。——もう二時間になります」

「分った」

松木は、店のフロアの方へは行かず、カーテンの奥のエレベーターで上のフロアへ上った。

豪華というより、いささか悪趣味な金色の扉の前で足を止め、ケータイを取り出してかける。

「——松木です」

「今どこだ?」

「部屋の前にいます」

「分った」

少しして、金色の扉が開いた。

扉と同様、金ピカのガウンを着た、小柄な男が、

「入れ」

と促す。

安井徹（とおる）。五十八歳。——松木の属している組の組長である。

「お邪魔します」

松木は中へ入った。

派手な装飾の個室で、大きなベッド、シャワールームも付いている。シャワーの音が聞こえていた。

「——好きなものを飲め」

と、安井は言ってソファに身を沈めた。

「いただきます」

松木はグラスを出してウイスキーを注いだ。

「どうなってる、その後？」

と、安井が訊いた。

息子、吉郎のことだ。

「伝言はしっかり伝わっています。向うも何とかして来るでしょう」

と、松木は言った。

「吉郎の奴は、面白くないんだろう、苛々してる」

「ですが、我々が表に出るのはうまくありません」

と、松木は言った。「今はマスコミも神経質になっています。我々が絡んでいるとニュースに出たら、吉郎さんは芸能界にいられません」

「分ってる。しかし、吉郎がな……」

安井はちょっと顔をしかめて、「何しろ女房が吉郎の言うなりだ」

「二、三日の内に反応がなければ、もう一度警告してやります」

「お前に任せる。うまくやってくれ」

「吉郎さんに、トラブルを起さないよう、おっしゃって下さい。警察沙汰になると、後が大変です」

「うん、言っとく」

きっと何も言わないだろう、と松木には分っていた。四十を過ぎてできた息子だ。吉郎には甘い。

「ああ、さっぱりした」

シャワールームのドアが開いて、スラリとした白い裸身が現われた。「あ、松木さん、いたの」

このクラブ〈J〉きっての売れっ子、アンナである。二十二歳。

「どうも」

「いやだわ。声掛けてくれればいいのに」

アンナは、大して急ぐ風でもなく、赤いガウンを裸の上にはおった。

このところ、安井はアンナに夢中になっていて、連日、ここに通っていた。

「私、そろそろお店に戻らないと」

と、アンナが言った。「いつものお客がみえるころよ」

「ああ。——もう三十分いろよ」

安井は膝の上にアンナを座らせた。

「では、私はこれで」

松木は立ち上った。

アンナがチラッと松木を見る。

松木はその視線に気付かないふりをして、そのままゴールドルームを出た。

アンナは、松木に、

「お願い！　何とかして！」

と訴えているのだ。

可哀そうだとは思うが、松木にはどうしてやることもできない。組長の安井に意見することなど、できるわけがない。

「——お疲れさまです」

クラブを出ると、黒服の大男が松木へ頭を下げる。

「社長はいつも何時ごろ帰るんだ？」

と、松木は訊いた。

「たいてい十二時過ぎですが」

「そうか」

松木は表通りへ出て、タクシーを拾った。

道を説明して、

「近くなったら起してくれ」

と、運転手に言うと、目を閉じた。

眠る気はない。眠くもない。

ただ、松木はおしゃべり好きな運転手から話しかけられたりするのが嫌いなのだ。

煩(わずらわ)しいので、こうして眠っているふりをする。

松木が何者か知っていたら、運転手は話しかけたりしないだろうが、松木はこういうときはごくおとなしい。話しかけられたら、

「黙って運転しろ」

と言ってやればいいのだが、それができないのだ。

こんなところで気が弱い自分に、苦笑してしまう。

しかし、眠るほどの間もなく、

「この辺ですか」

と訊かれ、目を開ける。

「──そこのマンションの前で」

タクシーを降り、松木はマンションへ入って行った。

部屋のドアの前に来ると、中からドアが開いて、

「お帰り、パパ！」

と、パジャマ姿の女の子が飛び出して来た。

「おい！　まだ起きてたのか？」

四つになる娘を抱き上げて、松木は中へ入った。

「お帰りなさい」

地味なセーターの女が出て来る。

「ただいま。鍵をかけてくれ」

「はい」

松木は、ごく普通の夫、父親の顔になっていた。

「あなた、食事は？」

と、妻の佳子(よしこ)が訊く。

「ああ、食べる。そばを一杯食べただけだ」

「じゃ、すぐ仕度します」

と、佳子は台所へ。

「幼稚園は面白いか？」

と、松木は娘に訊いた。

「うん！」

「そうか。そりゃ良かった」

「先生がね、凄く美人なの」

「ほう。会ってみたいもんだな」

と、松木は笑った。

「あなた、素子を寝かせてね」

「ああ。──さ、パパと一緒に寝よう」

素子は四歳である。松木が帰るのを、たいてい遅くまで待っている。

松木が添い寝してやると、素子はすぐに眠ってしまった。

「──もう寝た？」

佳子が、温めたおかずをテーブルに置いた。

「うん。幼稚園で眠くならないのか」

「お昼寝の時間があるから。素子は、いつもぐっすり寝てて、起すのが大変なんですって」

「そうか」

松木は笑って、食卓についた。

「私もお茶漬を食べるわ」

佳子は椅子を引いてかけた。

――松木は、夕飯をできる限り家で食べるようにしていた。

たとえ、夜遅くなっても、妻と話をする時間がほしかったからだ。

「あなた」

と、佳子がお茶漬を食べながら、「今度の日曜日、休めそう？」

「うん？」

と、食べる手を止めて、「ああ、幼稚園の運動会だったな」

「運動会ってほどのものじゃないでしょ。でも、たいていの家は両親でみえるって」

「行けるかな……。できるだけ行くよ」

「ええ。素子が喜ぶわ」

佳子もそれ以上はしつこく言わない。夫の立場をよく分っているからだ。

いくら休みたいと思っていても、組長の安井に呼び出されれば断ることはできない。

「ごちそうさん」

と、松木は息をついた。「明日は九時に起してくれ」

「はい」

「風呂に入って来る」

と、松木は立ち上って伸びをした……。

熱めの風呂が好きな松木は、顎までたっぷりとお湯に浸って目を閉じた。

「――着替え、置くわ」

と、佳子の声がした。

「ああ」

「先にやすむわね」

「おやすみ」

「おやすみなさい」

松木の顔に、ちょっと暗い影がさした。

松木が峰山宏子と付合っていることを、佳子はむろん知らない。いや、知らないはずだ。

それとも、誰かは分らなくても「女がいる」ことくらいは察しているだろうか？

松木は峰山宏子から、近江の〈ＯＭプロダクション〉に関する情報を聞き出そうとしていた。――その目的で近付いたのだが、峰山宏子にひかれていたのも事実だ。

もちろん、宏子は松木の正体を知らない。ごく普通のサラリーマンと名のっている。

だが、いずれどこかで知れることになるだろう。

そうなるのは残念なようでもあり、逆にばれてしまって終りになれば、妻を裏切っているという後ろめたさからは解放されて、ホッとするだろうとも思っている。

「――何だ？」

ケータイの鳴るのが聞こえた。

いつ、どんなことで連絡が入るか分らない松木である。風呂へ入るときは、洗面台にケータイを置いておくようにした。

出ないわけにもいかない。

浴室のドアを開け、タオルで手を拭いてから出た。

「もしもし」

「松木さんですか。西条ですよ」

「ああ。どうしました？」

近江の〈ＯＭプロ〉の専務の西条竜介である。

松木は西条と時々飲んだりして、接触していた。西条は松木のことを知って、初めは警戒していたが、松木が一切仕事の話をしないので、その内気楽に付合うようになった。

そもそも松木の方から、自分のことをちゃんと西条へ伝えたのである。

安井吉郎のことも、むろん専務の西条は承知している。しかし、あくまで松木は、

「お互い、個人として付合いましょう」

と言っていた。

飲み代を払うのも交互である。

「実は――」

と、西条はちょっと口ごもって、「すみませんがね、相談したいことがあって……。急ぐ

わけじゃないんですが、聞いてもらえませんか」

飲んではいるようだが、酔った声ではない。

「いいですとも。明日でもどうです？」

「大丈夫ですか？　忙しいのに申し訳ない」

「いやいや、仕事絡みでないお付合いは大事にする方なのでね」

「そう言ってもらえると安心しますよ。じゃ明日八時ごろ」

「承知しました。どこにします？　銀座の〈S〉ででも？」

「ああ、いいですね。あそこは静かだし」

「では夜八時に」

通話を切って、松木は裸で浴室へ戻ると、

「冷えちまった」

と、もう一度湯舟に飛び込んだ。

——西条が何の話だろう？

松木が西条と飲んだりしているのは、もちろん理由があってのことだ。

親しくなれば、西条の口から自然、〈OMプロ〉の内情が洩れてくるようになる。それが
松木の狙いである。

西条の「相談」が何なのか、まだ分らないが、もしかすると、うまいとっかかりが得られるかもしれない、と松木は思っていた……。

10　ロビー

「水田さん！」

元気のいい声が、TV局のロビーに響いて、居合せた人間が思わずみんな振り向いた。

水田は面食らってキョロキョロしていた。

すると、明るい色のスーツの女性がロビーを駆けて来る。

それが、水田の勤めていた会社の藤田充子だと分るのに少しかかった。

「――君か！」

「あら、もう忘れちゃったの？」

と、藤田充子はむくれて見せた。

「忘れやしないさ」

と、水田は笑って、「ただ、まさかこんな所にいると思わないから……。ここで何してるんだい？」

停年退職の日、エレベーターの中で水田にいきなりキスしてくれたことを忘れるはずもない。

「お使い。――何だか、コメントをしゃべるんだって、K大の先生が」

「ああ、そうか」

「急に資料が必要だから持って来てくれって言われたの」

「もう済んだの？　じゃ、お茶でも飲もうか」

「ええ！」

水田は、充子をティールームへ連れて行った。

「――あ、あの人知ってる」

と、充子は他のテーブルで打合せしているタレントを見て言った。

二人はコーヒーを飲んで、

「私、びっくりしたわ」

と、充子が言った。「TVの芸能ニュース見てたら、五代ユリのそばに立ってる人が……。どう見ても水田さんじゃない！　まさかって思ったけど」

「今、五代ユリのマネージャーさ」

「そうですってね！　彼女のホームページに写真が載ってる」

「そうか。知らなかったな」

「でも――どうしてそんなことしてるの？」

「僕だってびっくりしてるよ」

と、水田は言って、果梨の父親のことを話してやった。

「まあ！　そうだったの！」

充子は相変らず明るい。水田はつい楽しくなって微笑んでいた。

「じゃ、私も売り込めば良かったな」

と、充子は言って大笑いした。

「――まあ、別世界だが、結構楽しんでるよ」

「へえ。でも、大変でしょ？　タレントなんて、みんなわがままで」

「人によるさ」

「あの子はどうなの？」

「五代ユリ？　あの子は素直で、何でも一生懸命にやるよ。だから、付いててもやりがいがある」

「水田さんがタレントのマネージャーか……。やっぱり信じられない！」

充子はコーヒーを飲みながら言った。

「会社はどうだい？」

と、水田はさりげなく訊いた。

「それがね！　専務が先週倒れたの」

「え？　本当に？」

次の社長と目されていた男だ。

「それで今、社内は大地震に見舞われてるところよ」

「そうだろうな。それは……」

「もう少し会社にいれば面白かったわよ」

「全くだな」

「社内の人脈、派閥、すべてゼロからスタートでしょ。私みたいな下っ端は高見の見物で、面白いわ」

「なるほど」

確かに、サラリーマンにとって、「誰の系列に属しているか」は大問題である。その大もとの人間が倒れたとなると、すべてが狂って来る。

「――あの人、誰？」

充子が、ティールームに入って来た、スラリとした長身の美女を見て言った。

「さあ……」

水田はちょっと首をかしげた。

もちろん、水田の全く知らない芸能人もいくらでもいる。しかし、その女性は、誰もが一瞬目を向けるほど目立っていながら、どこか違う雰囲気を持っていた。

「きれいな人ね」

「うん。しかし――たぶん芸能人じゃないだろう、モデルとか……」

「そう？」

その女性は、ティールームのウエイトレスに何か話しかけていたが、なぜか水田の方へ目を向けた。ウエイトレスが水田を指さしているのだ。

「水田さんにご用かも」

と、充子が言った。

「心当りがないね」

しかし、その長身の美女は本当に水田たちのテーブルへとやって来た。

「失礼ですけど、〈ＯＭプロダクション〉の水田さんですか？」

「ええ」

「突然すみません。ちょっとお話ししたいんですが」

「はあ……」

充子が、

「私、失礼した方がいいわね」

と、コーヒーを飲み干して、「じゃ、水田さん、またね」

「私、お待ちしててもいいですけど」

と、その女性が言った。

「いえ、どうぞ」

と、充子は立ち上った。

「僕が払うから。元気でね」

「ありがとう」

充子が足早に出て行くと、

「すみません」

と、その女性は向いの椅子にかけて、「私、こういう者です」

ピンク色の可愛い名刺。〈クラブ《J》アンナ〉とあった。

「クラブ？　僕にはどうも……」

と、水田は戸惑って、「どういうご用ですか？」

「ご相談したいんです」

と、アンナという女性は言った。「安井吉郎のことで」

思いもかけない名前が出て来て、水田は一瞬絶句した。

そして、周囲を素早く見回すと、

「分りました。ここはそういうお話には不向きです。場所を変えましょう」

「ええ」

と、アンナが肯く。

水田は、真直ぐに自分を見つめるアンナの目に、ただならない決意を感じ取っていたのである。

ティールームを出ると、水田はちょっと考えてから、

「僕の担当しているタレントが、あと一時間ほど仕事しています。その辺をドライブでもしませんか」

「結構ですわ」

駐車場へ下りて、水田はアンナを後部席に乗せ、車を出した。

いつも通るのと反対方向へと走らせると、広い公園の傍の道に停めた。

「ここなら誰かに見られる心配はないでしょう」

と、水田は言った。「安井吉郎の父親のことも、ご存知ですか?」

「もちろんです。安井徹は、最近毎晩のように私のいる店へやって来ます」

「なるほど」

「それだけじゃありません。来れば私を個室へ連れ込んで抱きます。それもしつこく、くり返し……。拒むこともできなくて」

アンナの声が震えた。

「分ります」

「安井は、息子をスターにしたいんです」

「知っています。うちでもどう対処するか、困っているんです」

「私、もう耐えられないんです!」

と、アンナは叫ぶように言った。

そして、運転席の水田の肩をつかむと、ワッと泣き出したのである。

水田は何も言えなかった。この女性の嘆きに、慰める言葉を知らなかった。

アンナはしばらくしゃくくり上げるように泣き続けていたが、やがて顔を上げると、

「すみません」

と、うるんだ声で言った。「つい……泣き出したら止まらなくて」

「いいですよ」

と、水田は静かに言った。「思い切り泣いて下さい」

「もう……大丈夫です」

と、ハンカチを出して涙を拭くと、

「ひどい顔になってるでしょう？」

と、微笑を浮かべた。

「どこかへ入りましょう。この先に、地味な喫茶店があります」

「ありがとう……。でも、安井のことをお話ししなくては」

「安井は組長ですからね、ヤクザの。よほど用心してかからないと、命にかかわりますよ」

「水田さん……」

「何とかして、安井を今の地位から蹴落としてやりましょう。それであなたも解放される」

「できるでしょうか？」

「よく考えて、計画を練りましょう。——安井は組長という立場ですから、当然忠実な子分もいるでしょうが、同時に敵もいるはずです。それに、安井の泣きどころは、何といっても息子の吉郎です。吉郎は、人にそそのかされると簡単に乗せられる」

「私、何だか希望が持てそうな気がして来ました」

と、アンナは目を輝かせて言った。

「しかし、すぐには無理ですよ。まだしばらくは安井の相手をしなくては」

「分っています。でも、希望が持てれば大丈夫。辛抱できます」

「頑張って下さい」

と、水田は笑顔で言った。

「それと……。安井の下の幹部で、松木という人がいます」

「松木貞夫ですか」

「ええ。ご存知？」

「知っています」

「あの人は、安井に信頼されていますが、私に同情はしてくれています。ちょっとした言葉の端々で分ります」

「なかなか骨のある男のようですね」

「普通に奥さんと娘さんがいて、家庭を大事にしています」

「なるほど」

水田は、松木が近江の秘書、峰山宏子と付合っていることは、まだアンナに黙っていようと思った。

「今度、松木とゆっくり話をしてみます」

と、水田が言うと、

「おたくのプロダクションに、西条という人がいます？」

「ええ、専務です」

「松木は西条という人と親しいようです」

「西条専務と？」

「安井と話していると、よく名前が出ます」

これは水田にとっても驚きだった。

「──いいことを聞かせていただきました」

と、水田は言った。「じゃ、喫茶店へ行きましょうか。サラリーマン時代、よく行った店です」

「化粧を直せれば、どこでも」

水田は車を走らせた。

──松木と西条。

これは警戒を要する、と思った。

安井が、息子の件で苛立っていることは分っている。もしかすると、西条をうまく利用して、〈OMプロダクション〉を乗っ取るつもりかもしれない。

そうなると……。

サラリーマン時代、乗っ取りの裏工作などについても勉強していた水田は、すぐに思い付いた。

西条は、近江の妻、亜沙子と仲がいい。亜沙子が、水田と果梨を快く思っていないことは、分っていた。

用心しなくては……。

水田は車を喫茶店の前の通りに停めた。

11 偶然

「間違いありませんか」

と、峰山宏子は念を押した。

「ええ、確かです」

と、その女医は肯いて、「あなたは――独身ですね」

「はい」

と、宏子は言った。

「子供の父親については……」

「分っています」

「そうですか」

女医の方も察しているらしく、それ以上言わない。

「あの……彼と相談して、また来ます」

「そうですね。もし産むのなら、充分に用心して」

「ありがとうございます」

「できれば、相手の方とご一緒に来て下さるといいですけどね」

「それは――無理だと思います」

「じゃ、予約を入れて行って下さい」

「はい」

立ち上って、宏子は、「ありがとうございました」と、頭を下げた。

診察室を出ると、すぐには立ち去る気になれず、長椅子に腰をおろす。

用心していたのに……。

松木とは、会う度に寝ているわけではない。避妊もしているが、妊娠の可能性のあるときには、ただ食事だけして帰るようにしていた。

それなのに……。

妊娠。――四十歳で、初めてのことだ。

どうしよう？　松木と話をするにしても、どう話せばいいだろうか。

松木に妻子がいることを、宏子は承知している。詳しいことは話さないが、それでも初めから承知の上の関係である。

「そうだわ」

と、宏子は呟いた。「これは、私一人で決めること」

産むにしろ、産まないにしろ、あの人に迷惑をかけてはいけない……。

黙っていることはできないだろうが、「あなたの責任じゃない」と、はっきり言わなくては。

——宏子は、次の診察の予約を入れて、病院の廊下を歩き出した。

大きな総合病院なので、人の行き来は多い。エレベーターの方へと宏子は歩いて行ったが

……。

「え?」

足を止め、反射的に傍の掲示を読むふりをした。

エレベーターから降りて来たのは、近江の妻、亜沙子だったのである。

亜沙子は、峰山宏子のすぐそばを通って行った。

これほど近くにいれば、普通なら気が付くだろうが、亜沙子はひどく険しい顔をして、そのまま通り過ぎて行ってしまった。

宏子は、亜沙子が、たった今自分の診てもらった女医の所で診察を受けるらしいと知った。

「偶然だわ……」

亜沙子が妊娠? もちろん、そうでもおかしくはない。亜沙子はまだ三十一歳だ。

しかし、近江からそんな話は聞いていないし、もしそれらしいことがあれば、宏子にも分るだろう。

してみると、亜沙子も宏子と同様、妊娠しているかどうか、まだはっきりしない状態でやって来ているのかもしれない。

宏子は少し迷ったが、さっきすれ違いざまに見た亜沙子の顔が、あまりに不機嫌そうだったのが気になって、待ってみることにした。

エレベーターで一階へ下りると、そこはすぐ一般外来の待合所なので、人で溢(あふ)れている。ここなら、亜沙子と顔を合せることもないだろう。

エレベーターが見える位置に座って待つ。

——二十分ほどして、エレベーターの扉が開くと、亜沙子が出て来た。

亜沙子の表情は、さっき以上に険しくなっていた。

どうしたというのだろう。

亜沙子はバッグからケータイを取り出したが、そばにいた看護師から注意されて、ムッとした様子で、そのまま病院の正面玄関へと向った。

宏子は立ち上ると、少し間を空(あ)けてついて行った。

玄関を出ると、すぐ傍で亜沙子がケータイで話している。——宏子は、タクシーを待っているようなふりをして、亜沙子に背を向けていた。

「まずいことになったのよ」

亜沙子の声が大きいので、宏子にも聞こえる。「――そうじゃないの。ともかく電話じゃ話せない。これから時間ある？――そう。四時ならいいわ」

あの口のきき方は、夫の近江が相手ではない。

「ともかく急ぐのよ。――ええ、それじゃ待ってるから」

亜沙子は切ると、「ちょっと、タクシー！」

宏子には全く気付かず、ちょうど客を乗せて来たタクシーに乗り込んだ。

まずいことになった……。

あの亜沙子の言い方は、どういうことだろう？

「――まさか」

と、宏子は呟いた。

妊娠が分って、それが「まずいこと」というのなら、その理由は――。

相手が夫でない、ということだ。

今、電話していた相手が、おそらく……。

近江は七十歳だ。もちろん、まだ子供ができてもふしぎではないが、といって亜沙子をそうしばしば抱けるわけでもないだろう。

となると……。時期からいって、夫の子ではないとはっきり分る、ということだろう。

もし分らなくても、生まれた後、血液型などで近江の子でないと知れたら……。

近江はきっと怒って亜沙子を叩き出してしまうだろう。

「どうしよう」

とんでもないことを聞いてしまった。——自分の考えが見当外れならいいが、正しければ、放ってはおけない。

宏子は、自分の身のことも忘れて、亜沙子のタクシーが走り去った方を、じっと見送っていた……。

金だな。——そう松木は思った。

松木もこういう稼業をして長い。金のトラブルを抱えている人間は見慣れていた。

「やあ、遅くなって」

と、西条が笑顔で言った。

「いやいや、ゆっくり飲んでましたから」

と、松木はグラスを手にして、「まあ、どうぞ。ともかく一杯」

「ああ。——じゃ、ブランデーを」

と、西条は言った。

ひどく落ちつかず、苛々と指先で膝を叩いている。

話をどう切り出したものか、と迷っているのだ。

じっくり待とう。

こんなときは、相手をできるだけ弱い立場に追い込むことだ。そのためには向うが切り出すまで、何も気付かないふりをする。

松木は、西条が、

「相談したいことがある」

と言っていたことなど忘れたように、

「昨日の全英オープンの中継、見ました? 凄かったね、あのロングパット」

と、ゴルフの話を始めた。

西条はゴルフ好きで、松木も何度か付合ったことがある。

「え? ——ああ、昨日のね。本当にね」

と肯いて、「いや、このところ忙しくてゴルフに行く時間も……」

「久しぶりに今度行きましょうよ」

「そうですね……」

それどころじゃないんだ、と顔に書いてある。松木は笑いをこらえていた。

「——今度、銀座の店を一つ買い取りましてね」

と、松木は言った。「そこをやれ、と社長に言われて、困ってます。およそ、そんなことは似合わないんでね、私は」

「景気のいいことですな」

「いや、あれは社長の道楽ですよ」

松木は首を振って、「おたくの、五代ユリって子、このところよくTVで見ますね。いいじゃないですか」

「そうですか」

「光ってますよ。あの子はその内人気が出るでしょう。ブレイクする、って言うのかな、そういうのを」

「よくご存知で」

と、西条は笑った。

グラスが二杯目になると、

「——松木さん」

と、西条は改った口調で、「ちょっとお話が……」

来たな、と思った。

「いや、失礼！　そうでしたね。すっかり忘れていた。すみません」

「いや、こっちこそ」

「それで、ご相談というのは？」

「はあ……。実は……」

と、西条が口ごもる。

「何でも言って下さい。大丈夫。ここだけの話で、誰にも言いません」

「はあ……」

ハンカチを出して汗を拭くと、「実は……少々お金を貸していただけないかと……」

分ってはいても、びっくりしたふりをする。

「金ですか。——まあ、事情によりますが」

と、松木はわざと少し厳しく言った。「場合によってはお貸ししない方がいいこともありますからね」

「松木さん——」

「いや、もちろん、あなたのプライベートに踏み込むつもりはありません。しかし、どこのヒモがついているかも分らない女に、むだに金を注ぎ込むというのなら、お断りする方があなたのためですからね」

「そうじゃないんです」

西条は意を決したように、「半年ほど前に、TVCMの仕事をしている友人から連絡がありまして……。大学時代の親友で、家族ぐるみの付合いでした。彼は今取締役で、会社の経営の実権を握りたい、と言うんです。そのために株を買い占める金が必要だと。——自分が社長になれば、すぐに利子をつけて返すと言われ……」

「なるほど」

「一応、私も、彼の会社を調べてみました。経営もしっかりしていて、取締役の彼も間違いない人間だと……」

「それで金を貸したんですね?」

「はあ……。自分じゃそんな金がないので、つい、〈OMプロ〉の金を一時的に回して」

「そいつは……」

「ええ。——失敗でした」

と、西条は首を振って、「最近になって、ケータイが通じなくなり、おかしいと思って……。その会社へ行ってみると、倒産していました。粉飾決算で赤字を隠していたのが、その友人が金を持ち逃げして……」

「すると、あなたの金も」

「ええ。そうなんです。彼の家は空っぽでした。目の前が真暗になって……」

と、西条はうなだれた。

「その友人に、いくら貸したんです?」

と、松木は訊いた。

西条はちょっと眉を上げて、

「一億円です」

と言った。

松木は低く口笛を吹いた。

「——億の話となると、私個人ではどうにもなりませんよ」

「分ってます」

と、西条は肯いた。「しかし、何とかしないと……。社長に知れたらえらいことです」

「犯罪になりますよ」

「それで、松木さんにお願いしようと……。こんなことを頼めるのは、あなたしかいないんです」

西条の声が震えている。

松木は少し考えてから、

「まあ、ともかく飲みましょう」

と言った。「夕食は？　どうです、この近くで」

「はあ……」

松木はニヤリと笑って、

「そんな顔してたら、一目で近江さんにばれますよ」

「松木さん……」

「何かいい手がないか、二人で考えようじゃありませんか」

松木はグラスをあけると、「さあ、出ましょう。旨い中華があるんですよ。このすぐ近くに」

と、立ち上った。

西条は救われたように息をついて、松木に従って行った。

「しかし――」

と、食事しながら、松木は言った。「あなたも、ああいう世界で長いのに、そんなことで騙されるとはね」

「いや、一言もありません」

と、西条は言った。「しかし、何千万って金が転り込んで来るとなったら……。人間あさましい生きものですな」

酒が入って、西条は大分酔っていた。

一億円の使い込み。——もちろん、大変なことだと分っていた。

しかし、アルコールの力で、今は、

「何とかなる」

という気持になっている。

「西条さん」

と、松木は言った。「正直に話して下さらないと、私もどうしようもありません」

「といいますと……」

「あなた一人の話じゃないでしょう」

と、松木は言った。「誰かが一枚かんでる。違いますか?」

西条があわてて目をそらすのを見て、松木は「図星だ」と思った。しかし、そこはあえて、

「話したくなければ、無理にとは言いません。しかし、それだけの金を都合してもらうには、何もかもさらけ出して下さらないと」

と、突き放すような言い方をした。「もし私が口をきいて、金ができたとして、それをあなたが持ち逃げしたら、私はどうなります?」

「そんなことは――」

「誰も、『持ち逃げします』とは言いませんよ。あなたのお友だちもそうだったんでしょう?」

「まあ……そうです」

「では、私が首を吊るはめにならないためには、あなたの頼みをお断りするしかありません」

「待って下さい」

と、西条は焦って、「話さないとは言ってません。ただ……」

西条はハンカチを取り出して額の汗を拭うと、

「――この話、秘密に願いたいんです」

「もちろんです」

西条は一気に老酒(ラオチユウ)のグラスを空けて、

「実は……金を作ってくれと頼まれてたんです、私も。そこへ、古い友人の話が舞い込んで来たので、つい……」

と言った。

「あなたに金を作ってくれと頼んだのは?」

それでも、西条は少しためらっていたが、やがて諦めたように息をついた。

「近江社長の奥さんです」

松木もさすがにびっくりした。

「奥さん？　あの若い人ですか。――亜沙子さんといいましたか」

「そうです」

「ということは、つまり夫の近江さんは、そんなことはご存知ない、というわけですね」

「もちろんです！　ばれたら、離婚ですよ」

「なるほど……」

松木は肯いた。「どうやら、裏には色々ややこしい話がありそうですね。――亜沙子さんとあなたの間にも？」

西条はちょっと目をパチクリさせて、

「――いや、それは違います！」と、首を振った。「私はもう五十ですよ！　亜沙子さんは三十一。こんな男を相手にするわけが……」

「では、どうしてあなたがそこまで？」

「確かに、亜沙子さんとは何かと秘密を共有しています。しかし、それはあくまでビジネスのつながりで」

「ビジネス？」

「亜沙子さんは、〈OMプロ〉の経営に自分も参加したいんです。しかし、社長はそれを認めない。そのことが不満なんですよ」

「それであなたに？」

「まあ、近江社長も元気とはいえ七十です。何かあれば、経営は私と亜沙子さんがやることになると思っていたんです」

「なるほど」

「ところが、一人娘の果梨さんが旦那の水田と一緒に戻って来た。亜沙子さんは面白くありません」

「分ります」

「しかも、水田はよく働いています。近江社長も気に入っていますし、何より、果梨さんが子供を産んで、孫ができれば、社長は当然水田を後継者にするだろうと……」

「亜沙子さんの出る幕はなくなってしまう、というわけですか」

「そんなところです」

と、西条は肯いて、「亜沙子さんは私に金を作らせて、〈OMプロ〉の実権を握りたかったんでしょう。ところがそういうことになってしまった……」

松木は少し考えていたが、

「西条さん。あなたが会社の金を使い込んだことを、亜沙子さんは知ってるんですか？」

と訊いた。

「言えやしません。もし、社長にばれたら、私のことなんかすぐに見捨てますよ」

「そうですか」

「金を作ろうとして、うまく行かなかったってことは話してあります。でも、まさか私が大損したとは思ってないでしょう」

「なるほど……」

「松木さん。どうにかなりませんか」

西条の情ない表情に、松木は微笑んで、

「まあ、任しとけ、と請け合うことはできませんが、やれるだけやってみましょう」

と言った。

「ありがとう！　この通りです」

と、頭を下げる。

「今はともかく食べましょう。人間、腹が減っては戦ができぬ、ですよ」

松木は笑って言うと、「さ、もう一杯、行きましょう」

と、西条のグラスに老酒を注いだ。

12　オーディション

「頑張れよ」

と、水田は五代ユリの肩をポンと叩いた。

「はい！」

ユリの笑顔は爽やかである。

「ではオーディションを始めます」

と、声がかかった。「参加者は中へ」

ユリと同じような世代の少女たちが、部屋の中へと入って行く。

以前のユリなら、会場へ入るときに、心細げに水田の方をチラッと見たものだったが、今は真直ぐ前を見て入って行く。

水田はユリの成長が嬉しかった。

オーディションが終るのは早くても一時間後だ。

水田は会場になっている貸スタジオを出ると、向いの喫茶店に入って、待つことにした。

万一、ユリが早めに出て来ても目に入るように、外の見える席につく。

コーヒーを頼んで、今日のユリのスケジュールを確かめていると、

「やあ」

と、ポケットに手を突っ込んでやって来たのは、ユリとよく番組で一緒になる少女タレント、マオのマネージャー。

「どうも」

「いいかい？」

「どうぞ」

向いの席についた、宮田（みやた）というマネージャーは、コーヒーを頼んだが、

「あ、ちょっと待って。ミルクをくれ。ホットで」

と、注文を変えた。「ここんとこ、胃の調子がね」

「大変ですね」

マオというのはもちろん芸名で、ユリと比べると「売れている」内に入るだろう。

「よく一緒になるね」

と、宮田は言った。

「そうですね。よく見かける子は何人もいます」

「みんな必死だ。——生き残るのは、百人に一人、いるかどうかだけど」

と、宮田は言った。「しかし、ユリちゃん、このところ元気だね」

「どうも。夜の仕事をあまり入れてないんで、よく寝てるんですよ」

「羨（うらや）ましいね。うちの社長は、そんなことしたらたちまちクビだよ」

「でも、スターになる前に消耗しちまったら何にもならないでしょう」

「なあに、いくらでも次がいるよ」

宮田はそう言ってタバコをくわえた。

「すみません、禁煙でして」

と、店の奥から声がかかる。

「ちえっ。一本ぐらいいいじゃねえか」

と、宮田は舌打ちした。

「マオちゃんは歌が上手いから、いいですね」

「あれくらい歌えるのはいくらでもいるよ」

と、宮田は肩をすくめた。

「今日のオーディションは一人だけでしょ、採用。狭き門ですね。これも経験ですが」

水田の言葉に、宮田はちょっとニヤリとして、

「あんた、新米だろ。きっと何も手を回してないね」

「というと？」

「今日はうちのマオが合格するんだ。そう決ってるんだよ」

「つまり……」

「あのプロデューサーにはね、事前の『調整』が必要なのさ」

予め、裏から手を回して、オーディションは形だけ開き、結果は決っているというわけだ。

もちろん、そういうことがあるのは水田も知っていた。現実の仕事には、どこでもそういう工作がつきまとう。

「そうですか」

「あんた、何もしてないんだろ？　じゃ、無理だよ」

「仕方ありませんね。ユリも落ちるのには慣れてますから」

「マオは、俺がこんな苦労してることなんか、知りもしないよ」

と、宮田は言った。「ゆうべ、あのプロデューサーを銀座と六本木で接待した。大変だったよ」

「ご苦労さま」

「まあ、マオが喜ぶ顔を見りゃ、こっちも苦労のかいがある」

スタジオに、二十七、八と見える男性たちが何人か入って行くのが見えた。

「あれもタレントですか」

「ああ、別のオーディションだよ。確か、戦争物じゃないかな」

戦争中の話だとすると、少々栄養が良すぎる感じの若者もいた。

すると、タクシーがスタジオの前に停り、やはりオーディションに出るらしい男が降りて来た。

タクシーにはもう一人乗っていて、男をここで降ろしたらしい。

男はちょっと手を上げて見せ、スタジオの方へ歩いて行く。動き出したタクシーがすぐに停ると、女が降りて来て、男を呼び止めた。

タクシーに忘れ物をしたらしい。その女は男の方へ駆けて行って、小さなバッグのような物を渡した。

女がタクシーへ戻ろうとして、こっちへ顔を向ける。——水田はびっくりした。

近江亜沙子だったのである。

あの男は……。少なくとも、〈OMプロ〉のタレントではない。

亜沙子の乗ったタクシーは走り去って行った。

「さて、オーディションは盛り上ってるかな」

と、宮田はケータイを見ながら、「どうせ結果は分ってるんだ。他の子にゃ申し訳ないがね」

水田は、しかし亜沙子と一緒にやって来た男のことの方が、気になっていた。

五代ユリの参加しているオーディションはまだ終っていない。

水田は、少し早目にスタジオに戻った。

別の部屋で、単発物のTVドラマのオーディションが行われていた。

「――はい、きちんと整列して！　――おい、フラフラするなよ。それじゃ兵隊に見えないぞ！」

マオのマネージャー、宮田の言っていた通り、「戦争物」の出演者らしい。セリフを言わせるよりは、体の動きを見ているのは、たぶん、端役（はやく）の兵士たちのオーディションなのだろう。

水田はそっと会場の中を覗いた。

「――あんた、〈OMプロ〉の水田さんだろ？」

声をかけられて振り向く。

「あ、どうも」

顔見知りのプロデューサーだった。

「誰かおたくの子が出てるの？」

「いえ、私はユリについて、そちらのオーディションに」

「ああ、そうか。——いや、若い子が順調に伸びるのを見てるのは楽しいね」

「はあ」

「こっちは色気のないオーディションだよ」

と、プロデューサーは笑って、「これでも三分の一しか合格しない。セリフ一つなくても、みんな必死だ」

「そうですね」

水田は、ちょうど亜沙子と一緒に来ていた若者が、質問に答えているのを見て、

「あの男性、ご存知ですか？」

「どれ？　——見たことあるな」

と、少し考えて、「——ああ、この前もオーディションに来てた。ちょっと二枚目だろ？」

「どこの事務所かご存知ですか？」

「さあ、知らないね。訊いてみるかい？」

「いえ、いいんです。ちょっと知っている人に似てるので」

と、水田はいい加減な言いわけをした。

しかしプロデューサーは中へ入って行くと、書類を手に戻って来て、

「こいつだよ」

と、見せてくれた。

〈金原広一(かねはらこういち)〉。写真も貼ってある。

「——小さなプロダクションだな。なかなか大変だろう」

「ありがとうございます。——あ、あちらが終ったようですので」

水田は名前を頭へ入れておいて、ユリの出ているオーディションの会場へ向った。

宮田もやって来ている。

「水田さん！」

ユリが手を振ってやって来た。

「やあ、どうだった？」

「何とか……。でも、分んないわ」

「一生懸命やればいいさ」

「うん」

ユリは汗を拭った。

マオが宮田と話している。——宮田の方はもう決ったと思っているので、呑気そうだ。

別室での審査は、三十分近くかかった。

宮田が仏頂面をしている。すぐにマオで決ると思い込んでいたからだ。

やっとドアが開いて、審査員たちが戻って来た。

「お待たせしました」

と、サングラスをした男が立って、「大分意見が分れたので、時間がかかりました」

咳払いして、ペットボトルの水を飲む。

少女たちが緊張して、結果を待っている。

この中で、たった一人勝ち残っても、ドラマの中では、一応役名はあるが、「その他大勢」の一人でしかない。

水田は、ユリが頑張っている姿を見るのは楽しみだったが、その一方で、普通の十七歳がこんな過酷な競争にさらされることなどないと思うと、自分のしていることが、ユリのためになるのかどうか、疑問にも思っていた。

「では……合格したのは、〈18番〉の五代ユリさん」

ユリが短い声を上げて飛び上った。

水田は反射的に宮田の方へ目をやった。宮田は愕然(がくぜん)として、顔を真赤にしている。

「それから――」

と、プロデューサーは急いで付け加えて、「もう一人、捨てがたい魅力があるというので、クラスメイト役として、マオさんを選びました」

パラパラと拍手が起る。

「では、五代ユリさん。よろしく」

ユリがプロデューサーと握手をした。

他の子たちの拍手が一気に盛り上り、みんなユリが選ばれたことについては納得しているのが分った。

「じゃ、みんなご苦労さん」

もうさっさと帰り仕度をしている子もいた。

ユリが水田の方へ駆けて来て、

「やった!」

と、飛びつくようにして喜んでいる。

「よくやった」

と、水田は肯いて、「ちゃんと審査員の先生たちに挨拶しておいで」

「はい!」

ユリが審査員席へと駆けて行く。

「――やれやれ」

と、宮田がむくれて、「ゆうべの出費を、社長へどう説明すりゃいいんだ?」

「でも、選ばれたじゃありませんか」

「まあね。しかし……」

と、宮田は声をひそめて、「どうやったんだ?」

「え?」

「ユリを抱かせたのか?」

水田もさすがにムッとして、

「とんでもない！　今どき、そんなことがあるもんですか」

「まあいい。結果がすべてだからね」

宮田は肩をすくめて「ともかく、こうなったら、少しでもマオの役を大きくさせてやる」

宮田が近付いて行くと、プロデューサーはあわててケータイを取り出し、どこかへかけながら、急いでスタジオを出て行ってしまった。


「何だか変だったわ」

と、タクシーの中で、ユリが言った。

「どうした？」

水田は、オーディションの結果を近江へ連絡してから言った。

「うん……。オーディションで、ひと通り歌とかセリフとかやらされてね、最後にプロデューサーさんが、『じゃ、これから三分間で、各自、何でも自分の一番アピールできることをやってごらん』って言ったの。私は歌ったけど、みんな色々で、踊り出す子もいたし、お芝居のセリフを大声で言ってる子もいて……。でも、マオさん一人、何もしなかったの」

「何も？」

「うん。ただボーッと立ってるだけで、他の子がやってることを眺めてた。私、どうしたのかしら、って思ったけど」

「そうか」

——マオは、宮田から「プロデューサーと話はついてる」と聞かされていたのだろう。だから、自分は何もしなくても合格すると思っていたのだ。

しかし、プロデューサーの目にも、ユリの方が上だとはっきり分って、一人でマオを推すわけにいかなかったのに違いない。何とか「クラスメイト役」という、オーディションにない役を作って、マオを強引に残したのだ。

しかし、そんなことはタレントを育てはしない。むしろ、「どうせ裏ですべて決るんだ」と本人が思い込んでしまったら、測り知れないマイナスである。

「他の子のことは気にするな」

と、水田はユリの手を握った。「ユリはユリで、真直ぐに進むんだ」

「はい」

ユリは輝くような笑顔で言った。

タクシーは、TV局に着いた。

「——少し時間がある。何か食べとくか」

「うん！　お腹ペコペコ！」

と、ユリが言った。

局の食堂へ入ると、方々から、

「ユリちゃん、おめでとう」

と、声がかけられて、水田もびっくりした。

もうオーディションの結果が伝わっているのだ。しかも、主役というわけでもないのに。

水田は、ユリが一つの壁を乗り越えた、と感じた。――売り込む側だったのが、頼まれる側になりつつある。

今が大切だ。ここで来る仕事にすべて飛びついてしまったら、ユリは眠る間もなく働き続けることになり、やがて疲れ切って捨てられてしまう……。

近江とよく話して、対応をしっかり決めておくことだ。

ユリは食堂の定食をペロリと平らげてしまった。――若いんだな、と水田は苦笑する。

「おいしかった！」

と、ユリは息をついて、「ね、ケーキ、食べていい？」

「ああ」

ユリが注文すると、

「ケーキです」

すぐに運んで来た。ウエイターの顔を見て、水田はびっくりした。

さっき、あのスタジオでオーディションを受けていた若者――金原広一だったのである。

「何ですか？」

金原が水田の視線に気付いて、訊く。

「いや……。さっきオーディションの会場で見かけたかと……」

「よく分りましたね」

と、照れたように、「落っこちたんで、すぐここへ戻ってバイトです」

「そうか。――頑張ってくれ。コーヒーをくれないか」

「はい」

ユリがふしぎそうに、

「知ってる人？」

と、水田へ訊く。

「いや、あの同じスタジオの別のオーディションにね……」

「へえ。じゃ、ここで働きながら？　偉いなあ」

話してみて、水田も金原が思いがけず爽やかな若者なので驚いた。

一体、亜沙子とどういう関係なのだろう？


爽やかな秋空の下、運動会はにぎやかに盛り上っていた。

運動会といっても、幼稚園である。格別に体力を使う種目はない。どれも遊びみたいなものである。

「パパ、頑張って！」

と、佳子が応援する。

松木と娘の素子で、一緒に走って、いくつかの障害を通って行く。子供には簡単に抜けられる、低いくぐり戸とか、ぶら下っているお菓子をつまんで食べるとか……。

却って、大人は、腰をかがめなくてはならないので大変なのだ。

松木も汗をかきかき、

「おい！　ちょっと待ってくれ！」

「パパ、遅い！」

娘に叱られつつ、それでも松木と素子は二着になった。

佳子が父母席で拍手している。

「――ああ、やれやれ」

と、息を弾ませて、松木は佳子の所へ戻った。

「さ、お昼のお弁当よ」

と、佳子が包みを開く。「素子、ちゃんとお手手を拭いて」

佳子が真顔になって夫へ、

「あなた、ケータイが鳴ったの」

「誰だ？」

「安井さん」

「そうか」

仕方ない。――松木はケータイを手に、父母席を離れた。

「もしもし、松木です」

「ああ、すまんな。幼稚園の運動会だろ？」

安井徹が憶えていたことに驚いた。

「いえ。何か……」

「吉郎がな、ちょっと……」

「申し訳ありません。お話しした通り、〈ＯＭプロ〉の西条と――」

「いや、分ってる」

と、安井は遮って、「そのことじゃないんだ」

「というと……」

「また、吉郎の奴、惚れてしまったらしくてな」

「今度は誰です？」

半ばホッとして、訊く。

「知ってるか？　マオってタレントだ」

「ああ……。顔ぐらいは」

「ＴＶ局へ遊びに行ってて、実物を見てのぼせ上ったらしい」

と、安井は言った。「知ってるだろうが、あいつは抑えが効かない。そのマオって子を何とか、取り持ってやってくれ。金はいくらでも出す」

「しかし……」

「話をつけてやらんと、吉郎はマオって子をどこかで襲うぞ。そいつは避けたい」

松木は呆れていたが、

「所属事務所の社長に話してみます」

「すまんが頼む。急いでな」

松木はケータイの電源を切って、ため息をついた。

「いい親子だ」

金さえ出せば、何でも手に入る。――本気でそう思っているのだから。

――マオという子は、確か十七歳くらいだ。

吉郎が、一度で済むかどうか。

戻りかけた松木は、ふと視線を感じて、

「――君か」

峰山宏子が立っていたのである。

「ごめんなさい」

と、峰山宏子は言った。

「いや、別に……」

松木はちょっと園庭の父母席の方へ目をやった。

「そんなんじゃないの」

と、峰山宏子は急いで言った。「本当はあなたに会わないで帰るつもりだったのよ。本当よ」

「うん」

宏子はここへ来てしまったことを後悔していた。

松木と過した時間の中で、この幼稚園の名前を聞いて、憶えていた。ホームページをたまたま見て、今日が運動会だということを知ったのだ。

日曜日、特に予定もなかったので、いつしかここへやって来てしまっていた……。

「さっきの競走、見てたわ。立派にお父さんしてるわね」

「そう言われるとな……。たまには父親らしいところを見せないと」

宏子はスーツ姿だった。

「私、仕事で出勤なの」

と、思い付きを口にした。「もう行くわ」

「そうか」

言ってはならない。ここで言うなんて、とんでもないことだ、と宏子は自分に言い聞かせた。

「それじゃ」

と、宏子は微笑んで行きかけた。

そのとき、足音がして、

「あなた、ちょっと来てくれる?」

妻の佳子がやって来たのである。夫と話している宏子を見て、足を止めた。

「どうした?」

「いえ……。素子の受持の先生がみえてるんで、ちょっと挨拶してくれたら、と思って……」

「分った。行くよ」

佳子は、宏子を見ていた。このまま黙って行ってしまうわけにいかない。

「奥様ですね。私、〈OMプロ〉の峰山と申します」

と、明るく言った。「ご主人にいつもお世話になっていて……」

「はあ……」

何となく納得できない様子で宏子を見ている。宏子は何とかしなければいけない、と思った。

確かに、仕事上どんな付合いがあるとしても、子供の幼稚園の運動会にやって来ることはないだろう。妻としてけげんに思うのは当然だ。

「今日、この隣の駅前で、うちのタレントの出るイベントがありまして」

と、宏子は言った。「お宅の素子ちゃんがここの幼稚園だとご主人が前におっしゃってたのを思い出したんです」

「まあ、娘のことを?」

「ええ、ご主人はお酒が入ると、すぐご家族自慢が始まるので」

「おい、俺がそんなこと言うかい?」

「ええ。憶えてらっしゃらないんですか？　娘さんが素子ちゃん、奥様が佳子さん。ね、ちゃんと知ってるでしょう？」

「まあ、あなたったら」

と、佳子が笑って、「いつもこんなすてきな方と飲んでるの？」

「いや、たまにだよ」

松木も少しホッとしている。

「さ、先生がお待ちなんでしょ」

と、宏子は言った。

「ああ。──それじゃ」

「じゃ、失礼します」

と、佳子は会釈して、夫の腕を取って戻って行った。

「先生は何て名前だっけ？」

と、松木が妻に訊いているのが、宏子の耳に届いた。

宏子は息をついた。何とか、佳子の疑念をとくことができたようだ。

さあ、帰ろう。──これ以上ここにいてはいけない。

宏子は幼稚園を出ると、駅へ戻るタクシーを拾った。

「駅まで」

と、乗り込んだ宏子は、ドアが閉る直前、にぎやかな行進曲が園庭に鳴り響くのを聞いた……。

13　暴力の影

「マオはどうしたんだ！」

と、プロデューサーがいきり立っている。

スタジオ内は、ざわついていた。

収録の開始の予定が、三十分以上遅れている。出演するはずのマオが、姿を現わさないのだ。

「——もう待てない。始めよう」

と、ディレクターがやって来て言った。

「うん……。仕方ないな」

プロデューサーも渋々肯いた。

「どうしたのかしら」

と、ユリが言った。「マオちゃん、遅刻するようなこと、ないのに」

「そうだな」

と、水田は言った。「ともかく、今はセリフのことだけ考えろ」

「はい」

ユリはピッと背筋を伸し、気持を引き締めた。

ユリはこの学園ドラマで主役ではない。しかし、セリフ覚えがよく、演技も上達しているので、回を追って、出番もセリフも増えていた。

プロデューサーが強引にクラスメイト役で入れたマオは、ほとんどセリフがなく、今のシーンも、マオ抜きでちゃんと収録できる。

マオのマネージャーの宮田も、そのことはよく分っているはずで、遅刻が重なれば、マオの役そのものが消滅してしまわないとも限らない……。

「始めるぞ！」

と、ディレクターの声。

そのとき、

「マオちゃん！」

と、ユリが叫ぶように言った。

水田は振り向いた。

マオが、ヨロヨロと、ふらつくように入って来る。——服が引き裂かれていた。

水田は駆け寄った。

「大丈夫か」

水田がそばへ行くと、マオは急に力が抜けたように崩れ落ちようとした。

水田はあわてて抱き止めると、

「誰か！　女性のスタッフの人、ついて来てくれ！」

と呼びかけた。

「私が」

と、メイクの係の女性が手を上げた。

「じゃ、医務室へ。僕が運ぶけど、ついてってやって下さい」

「分りました」

水田は、ぐったりと気を失っているマオを両手で抱き上げて、

「マネージャーの宮田さんが来たら、医務室にいると伝えて下さい」

と、周囲の人間へ言って、スタジオを出た。

「――どうしたんでしょうね」

と、メイクの女性が足早について歩きながら、「宮田さんも、どうして一緒にいないんでしょう」

「考えたくないが……。この子が無事ならいいですがね」

「それって……男にやられたってことですか」

「少なくとも、この服の裂け方は、かなり乱暴に扱われたということですよ」

「エレベーター、あっちですけど」

「あまり目立っては可哀そうだ。二フロア下でしたね。階段で下りましょう」

「そうですね」

と、メイクの女性は肯いて、「芸能リポーターにでも見られたら、どう言われるか分りませんものね。——水田さん、でしたっけ」

「そうです」

「私、林和江といいます」

水田は階段を下りながら、

「女性がそばにいた方がいいと思いますから、よろしく」

「分りました。——警察へ届けた方が？」

「本当ならそうですが……。どういう状況か分りませんし。ともかく当人の話を聞いて下さい」

と、水田は言った。「服は裂けているけど、下着は見えてる限りは乱れてません。何とか逃げて来たのかもしれない」

「だといいですね」

「ともかく、宮田さんに連絡してみます」

医務室へとマオを運び込み、ベッドに寝かせると、水田は後を林和江という女性に任せて、スタジオへ戻って行った。

「マオさんは?」

収録が終ると、ユリは水田にまずそう訊いた。

「今、医務室だ」

とだけ水田は言って、「ともかく出よう」

ユリがメイクを落とし、着替えている間、水田は廊下で待っていた。

ドラマの収録中に、林和江が戻って来て、マオが何とか男の手から逃れて来たらしいことを教えてくれていた。

しかし、マネージャーの宮田とは連絡がついていない。水田が宮田のケータイにかけたがつながらなかった。

「——警察には言わないでって、マオちゃん、言ってました」

と、林和江は言った。「怯えてるようでしたね。宮田さんがどこにいるのかも知らないって言ってます」

やれやれ……。

水田が腕時計を見て、目を上げると、宮田が廊下をやって来るのが目に入った。

「おい、宮田さん!」

と、水田は大股に歩み寄って、「何してたんですか! マオさんが大変で——」

言いかけて、水田は言葉を切った。

宮田は酔っていた。そばにいるだけで、アルコールが匂う。目は充血していた。

「あんたか……。マオがどうしたって？」

「今、医務室にいますよ」

と、水田が厳しい口調で、「何があったんです？」

宮田がトロンとした目で水田を見て、

「マオが……ここにいる？」

「二階下の医務室ですよ」

「マオは……いつここへ来たって？」

「三十分以上前です。収録を待ってたのに、姿が見えないので――」

しかし、宮田は青ざめて、

「じゃ、マオは……。とんでもないことになった！」

声が震える。酔いもさめてしまったようだ。

「どういうことです？」

「いや……。何でもないんだ。本当だ」

宮田はフラフラとエレベーターの方へ歩いて行った。

そこへ、ユリが着替えてやって来ると、

「今の、宮田さん？」

「うん」

「何か分ったの？」

「いや、どうも色々ややこしいようだ」

水田はユリの肩を叩いて、「さあ、行こう。取材がある」

と促した。


ユリの取材はビデオを撮るので、ホテルの一室を借りていた。

「――じゃ、よろしく」

と、スタッフが言った。

「ライト、大丈夫？」

インタビュアーの女性が念を押した。「私はいいから、ユリさん、まぶしくないようにしてあげてね」

見ていて、水田はインタビュアーの女性に感心した。TV局の女性アナウンサーなどには、インタビューに来ても自分の方がスターだと思って、やたら目立ちたがる手合が少なくない。

任せておいて大丈夫だろう。

「では私は廊下に出ています」

と、水田はそのインタビュアーへ言った。

「よろしくお願いします」

廊下へ出て息をつくと、ポケットでケータイが鳴った。

取り出して、ちょっと目を見開く。――あの六本木のクラブ〈J〉のアンナという娘だ。

「水田です」

と、出てみると、

「アンナです。今、お話ししても？」

「ええ、大丈夫です。何かありましたか」

「さっきまで、安井が来てたんです」

と、アンナは言った。「いつも通り、飲んでたんですけど、電話がかかって来て。松木からでした」

「ああ、例の男ですね」

「その電話を聞いて、安井が青くなって。こっちがびっくりするような声で、『何だと！』って怒鳴って。『大丈夫なのか、吉郎は！』って言いました」

「息子に何かあったんですね」

「けがしたらしいです。どの程度か分りませんけど」

「当ってみましょう。一応うちのタレントですし」

「でも何だか――ただのけがじゃないみたいですわ」

「というと？」

「安井が、『それで女はどうしたんだ？』って訊いてました。最近、息子がマオってタレントに惚れてるとか――」

「マオですって？」

水田は息を吞んだ。

「ご存知？」

「知っています。まさか……。そうか」

水田は、事情を察した。「アンナさん、安井は他に何か言ってましたか？」

「ともかく病院に行く、と言って、すぐ出て行きました」

「なるほど」

「何か事件でしょうか」

「おそらくね。はっきりしたら、連絡します。ありがとう」

「いいえ。ともかく安井があんなにあわてるのを初めて見ました。愉快でしたわ」

「分ります」

と、水田は言った。

——これはただごとではない。

吉郎がマオに手を出した。たぶん、宮田に松木が話をつけて、マオを吉郎に抱かせようとしたのだ。しかし、マオは逃げた。

そのとき、吉郎を殴るかどうかしたのだろう。きっとマオは何も聞かされていなかったのだ。

一方、宮田は、さすがに気が咎めて、酒を飲んでいた……。

吉郎が病院に入っているというが、どの程度のけがなのか。まずそれを確かめる必要がある。

「そうだ……」

安井は、息子にけがをさせたマオを許すまい。マオがどんな目にあわされるか……。

水田は、さっきマオについていてくれた林和江のケータイ番号を聞いておいた。

かけてみると、すぐに出た。

「水田です。先ほどはどうも」

「あ、どうも。マオちゃんのマネージャーさん、来たみたいですね」

「すみませんが、二人に伝えてもらえませんか。今すぐ身を隠せと」

「え？」

「詳しい事情を話している余裕がないんです。ともかく二人が危険なんです。今すぐどこかに身を隠すように、私が言ったと」

林和江は少し戸惑っているようだったが、

「――分りました。水田さんがそうおっしゃるのは、よほどのことですね」

林和江の声の響き方が少し変った。「今、医務室へ向ってます。私が言っても本気にしないかもしれませんから、このままつなげておいていいですか？」

「なるほど。いや、おっしゃる通りです」

「階段を下りています。エレベーターより早いですものね」

カタカタという靴音がする。

「――すぐ医務室です」

少し間があって、「着きました」

だが、次の瞬間、

「誰？　何してるの？」

という林和江の声がして、「キャッ！」

短い悲鳴が聞こえた。ケータイが床へ落ちたらしい。

「もしもし！　林さん！」

と、水田は呼びかけたが、通話は唐突に切れた。

「――遅かったか」

医務室に誰かがいた。林和江は大丈夫だろうか？

水田はすぐTV局の代表番号へかけて、

「すぐ医務室にガードマンをやって下さい」

と頼んだ。「暴力事件があったようです」

――ともかく、行ってみなくては。

しかし、ユリを置いて行くわけにもいかない。

そっと部屋の中へ入ると、

「どうもありがとうございました」

インタビュアーが立ち上るところだった。

「もう終りましたか」

「ええ。ユリさん、とても頭のいい人ですね。ほとんど撮り直しなしですみました」

「うまくやったよ！」

ユリが得意げに笑った。

「良かった。――じゃ、すぐに出よう」

「え？　何かあったっけ、この次？」

ユリがふしぎそうに言った。

TV局の前に救急車が停っているのを見て、水田は青ざめた。

「大丈夫かしら」

話を聞いていたユリも心配そうに言った。

タクシーを降りて、急いでロビーへ入ると、

「水田さん」

と呼ぶ声がした。

林和江が、ロビーのソファに座って手を上げて見せた。頭に包帯をしている。

「――大丈夫ですか」

と、水田は駆け寄って、「すみませんでした。私のせいで」

「いいえ、そんなこと」

と林和江は首を振って、「私、石頭なんです。殴られて気を失ったんですけど」

「ちゃんと検査して下さいね」

「ええ。救急車で運ばれることになってて。今、何とか受け入れてくれる病院を探してくれてます」

水田は少し小声になって、

「それで、マオさんは……」

「いなかったみたいです。男が二人、中の医者に『マオって女がいるだろう!』って怒鳴ってたのを、ぼんやり憶えてます」

「じゃ、どこかへ逃げたのか……。宮田さんも?」

「いなかったようです。——医者も殴られて唇を切ってました。警察が今、医者に話を聞いてます」

「そうですか」

「何があったんですか、マオちゃんに?」

水田は、ロビーを通る人の目を気にしながら、事情を手短かに説明した。

「まあ……。ひどい話!」

「ええ。——しかし、どこへ行ったのかな、あの二人は」

と、水田は言って、「林さん。大変申し訳ないんですが、今の話はまだ警察にも言わないで下さい」

「分りました。私はたまたま医務室に寄っただけって言ってあるので」

「その方がいい。妙なことに巻き込まれないようにして下さい」

「でも——水田さんも用心して。安井吉郎っておたくの事務所の……」

「そうなんです」

水田は肯いて、「じゃ、くれぐれもお大事に」

と言った。

「ありがとう」

と、林和江は微笑んで、「水田さん、一つお願いしていいですか?」

「何です?」

「頬っぺたにキスして下さい」

「は?」

水田が面食らっていると、林和江は素早く伸び上って水田にキスした。

——ユリが、腕組みしてにらんでいる。

「見たわよ」

「いきなりで……」

「フン、しっかり唇にキスしてたわ、あの人」

と、ユリはむくれて、「私にもさせて」

「おい……。あ、ちょっと待ってくれ」

ケータイが鳴ったので、水田は足を止めた。

「――もしもし」

「近江だ」

「社長、今ご連絡しようと――」

「吉郎だ」

と、近江は言った。

「安井吉郎は入院してると聞きました」

「頭を殴られて重傷だ」

水田はため息をついた。そんなにひどかったのか。

「すぐ社へ戻ってくれ。これからどうするか相談しよう」

「分りました。ユリを送ってからでいいですか」

「ああ、それでいい」

水田は、ユリとタクシーに乗った。

「私も行く」

と、ユリは話を聞いて言った。「マオさんのこと、心配だし」

「しかし――」

「絶対行く！」

「分ったよ……」

タクシーは〈OMプロ〉へと行先を変えた……。

14 SOS

〈OMプロ〉に着くと、水田は真直ぐに社長室へ向った。ユリも一緒だ。

「——社長」

と、中へ入ると、水田は妻の果梨が父親と一緒にいるのを見て、ちょっとびっくりした。

「果梨——」

「たまたま寄ったの」

と、果梨は言った。「どうなってるの？」

ユリが果梨へていねいに会釈した。

「僕もよく分らないよ」

と、水田は言った。「ただ、安井吉郎がマオって子に手を出そうとしたってことは確かだ」

「じゃ、吉郎を殴ったのはマオか」

と、近江が言った。

「おそらく。——マオちゃんは服を破かれてTV局に。みんな見ていますし、安井の子分がマオちゃんたちを捜しに来て、医務室の医者を殴っています。秘密にはできません」

「困ったな」

と、近江はため息をついた。

「安井が何か言って来たのですか」

「ああ。うちが、もっと熱心に吉郎をスターにするべく努力していれば、こんなことにはならなかった、と言われた」

「マオちゃんも、正当防衛かどうかはともかく、傷害の罪は逃れられないでしょう」

「――すると、マオはマネージャーと二人で逃げているのか？」

と、近江は水田の話を聞いて、「吉郎の奴！」

「ひどいわ」

と、果梨も怒って、「殴られて当然よ」

「しかし、吉郎の父親はそう思っていません」

「マオがどこにいるか、知ってるのか」

「いいえ。宮田さんがどこかへ連れて行ったんです。――失礼」

水田のケータイが鳴ったので、出てみると、

「水田さん……。えらいことになって……」

「宮田さん？　今どこです」

「助けてくれ！　このままじゃ殺される！」

「マオちゃんと話したんですか?」

「ああ」

「謝りましたか?」

水田の問いに、少し間があって、

「——謝った?」

と、宮田が訊き返した。「謝った、って誰が?」

「あなたですよ、マオちゃんに謝るべきでしょう」

「俺が? どうして俺が謝るんだ? 俺はマオのために必死で働いて来たんだ。マオから感謝されて当然だ」

むきになって言い返すのが、却って心の中の痛いところを衝かれたことを示していた。

「それはともかくとして」

と、水田は言った。「今、マオちゃんと一緒なんですか?」

「ああ」

「どこにいるんです?」

「それは……。助けてくれるかい?」

「宮田さん。マオちゃんのことは、もう話がTV局から広まっています。それに、安井の子分が医者を殴ったりもしていて、隠してはおけません。一番いいのは、警察に行くことです。安井吉郎を殴ってけがさせたわけですから」

「だけど……」

「警察が保護してくれますよ。マオちゃんにとって、それが一番安全です」

「そりゃそうかもしれないが、俺はどうなるんだ？　俺のことは誰が守ってくれる？」

水田は呆れて、

「あなたは自分の面倒くらいみられるでしょう」

と言ったが、「――そうか」

宮田は、吉郎にマオを抱かせる代りに、たぶんかなりの金を受け取っているのだ。だから怖がっている。

「俺はマオと逃げる」

と、宮田は言った。「あんたも何もしてくれないんだな」

「どこへ逃げるんです？　安井のような人間の手から逃れるのは難しい――いや、たぶん不可能ですよ」

「あんたの知ったことじゃない！」

宮田はそう言って、切ってしまった。

水田はため息をついて、

「うまくないな」

と言った。

「どうしたの？」

と、果梨が訊いた。

「宮田はマオちゃんを連れて逃げる気だ。目立つからな。すぐ見付かる」

そのとき、秘書の峰山宏子がやって来た。

「病院の方から連絡がありました」

と、近江へ言った。「一応、吉郎さんの手当は終ったそうです」

「それで具合は？」

「傷はそう深くなくて、出血はあったようですが、たぶんそうひどいわけでは……」

水田は、宏子が松木のことを何も知らずに付合っているのを考えて、胸が痛んだ。いずれ分ることだ。

「どうしたもんかな」

と、近江がため息をつく。

「吉郎さんは一応うちの抱えているタレントです」

と、水田は言った。「ともかく、けがの状況について、ファックスでマスコミに流すべきでしょう」

「しかし、けがをした状況については、どう言うんだ？」

「本人がまだ話のできない状態なので、はっきりした時点で公表します、ということでいいのでは」

「とぼけるか。——それで行こう」

「しかし、黙っていてすむことではありません」

と、水田は言った。「マオちゃんを襲ったとなれば、タレントになる夢は終りです」

「しかし、そうなると父親が何をするか……」

「まず病院に行ってみます。――ユリ、一人で帰るのは危いから、ここにいてくれ」

「いいわ」

「峰山さん、一緒に行ってもらえますか」

水田に声をかけられて、峰山宏子はちょっと戸惑った様子だったが、

「もちろん構いませんけど」

「では、途中で花でも買って行きましょう」

「私もここにいるわ」

と、果梨が言った。

「迎えに来る」

と、水田は言って、峰山宏子と二人で社長室を出た。

ちょうどやって来たのは、近江の妻、亜沙子で、

「主人は中?」

と、水田へ訊く。

「おいでです」

「安井吉郎のこと、どうなったの?」

と、亜沙子が言った。「私にひと言も連絡ないなんて」

「ご心配をかけたくなかったんですよ、きっと」

「一緒に心配するのが夫婦でしょ」

と言うと、亜沙子は社長室へと入って行った……。


「峰山さん」

ハンドルを握った水田が言った。「一つ伺っても?」

「ええ。何でしょう?」

途中で大きな花束を買い、二人は安井吉郎の入院している病院へ向っているところである。

――吉郎を巡るトラブルの中で、松木が安井徹の組の幹部だということも当然知れるだろう。水田はその前に峰山宏子に話しておきたかったのである。

「実は――」

と、水田が言いかけたとき、助手席の峰山宏子は突然ハンカチで口を押えて、

「すみません! 車をちょっと停めて下さい」

水田は急いで車を道の端へ寄せて停めた。

宏子は車を出ると、目の前の公園へと駆け込んで行った。

あれは……。きっとそうだ。

水田も、果梨の様子を見ているから分る。つわりで吐き気に襲われているのだろう。

ということは、松木の子を身ごもっているのか？

少しして、宏子は戻って来た。

「すみません」

「後ろの席で、ゆったり座った方がいい」

「じゃあ……そうさせて下さい」

宏子が後部席に移ると、

「峰山さん。——おめでたですか」

宏子は少し迷っていたが、

「めでたい、とは言いにくいんですけど……。水田さんには隠しておけませんよね」

「あの人の子ですね」

「ええ……。彼には奥さんもお子さんもいて……。でも、このお腹の子を葬(ほうむ)ってしまう気になれないんです」

「分ります」

水田は肯いて、「車、出しても大丈夫ですか？」

「ええ、どうぞ」

と、宏子は言って、「私にお訊きになりたいことって？」

訊きにくくなってしまった。

「別に今でなくても……」

車が走り出すと、宏子のケータイが鳴った。

「——もしもし」

と、宏子は言って、「ああ、広一君？　どうかした？」

広一？——水田はちょっと気になった。

亜沙子が一緒にいた、あのオーディションを受けていた青年も「こういち」だったが。

「——ええ、分ったわ。今、外なの。戻ったら詳細を知らせてあげる。——じゃあね」

宏子の口調はやさしかった。

「——峰山さん、今の電話は？」

「ああ、役者の卵で、金原広一っていうんです」

「やっぱり。TV局の食堂でバイトしてますね」

「よくご存知ですね」

「どうして金原広一のことを？」

「彼は、亜沙子さんの弟なんです」

水田はびっくりしたが、同時に、オーディション会場まで亜沙子が送って来たのが納得できた。

「では、亜沙子さんの旧姓は金原ですか」

「ええ、そうです」

「しかし——なぜ、亜沙子さんは弟をうちのプロダクションに入れないんでしょう？」

「広一君がいやがってるんです。とても感心な子で。そういうコネとかでなく、実力で仕事を手に入れたいと言って」

「なるほど」

「あ、私から聞いたって言わないで下さいね」

「もちろんです」

と、水田は微笑んだ。

「彼が受けたらいいと思うオーディションがあると、教えてあげるんです。彼の所属してる事務所は小さくて、そういうことをまめにやってくれません」

と、宏子は言った。「でも、もちろんこちらから口をきくようなことはしません。約束ですから」

「なるほど。——どうして金原広一のことを知ったんですか?」

「会社へ訪ねて来たんです。でも、応対した女の子は、広一君が『社長さんの奥さんの知り合いで』って言ったので、何かのおつかいかと思って、待たせてる内にすっかり忘れてしまったんです」

と、宏子はちょっと笑って、「その子と打ち合せしてるとき、突然、『アッ!』って声を上げたんで、何かと思ったら『受付に来た男の人、待たせっ放し!』って言って。それで、『峰山さん、お願い! 代りに行って!』って拝むんですよ。訊いてみたら、もう三時間もたってるっていうじゃありませんか。もう帰ったか、他の子に頼んだんじゃないの、って言って、受付に行ってみると……」

「ちゃんと待ってたってわけですね」

「そうなんです。で、私がまずお詫びをして、『社長の奥様にどういうご用でしょうか?』って訊いたら、『僕、弟なんです』って」

「面白い若者だ」

「ええ、本当です。そのときも、ちっとも怒ってなくて。――正直、亜沙子さんとはずいぶん違うと思いました」

「なるほど」

「亜沙子さんといえば……」

と言いかけて、宏子はやめた。

「――どうしました?」

「いえ……。お話ししたものかどうか」

「そこまで言って、やめないで下さい! こう見えても、好奇心の塊(かたまり)なんです」

「水田さんが?」

と、宏子は笑った。

「訊き出さずにはおきません」

「まあ怖い」

と、おどけて見せ、「――実は、この妊娠が分ったとき……。産婦人科で検査してもらったんですけど、同じ所に亜沙子さんが」

「ほう」

水田は興味をひかれた。「では、亜沙子さんも?」

「それがちょっと……」

宏子が、電話をかける亜沙子のそばで、『まずいことになった』と言っているのを聞いた、と話すと、水田は考え込んだ。

「少なくとも、亜沙子さんが妊娠しているとしても、社長は知りませんね」

「ええ。そんなお話、聞いたことも……」

もうじき病院である。

水田は手前で車を一旦停めると、

「亜沙子さんはあなたがいたことを知らないんですね」

「ええ」

「では、今の話はまだ社長にも言わずにおきましょう。私がこっそりと調べてみます」

「分りました」

宏子は少しホッとした様子で、「安心して眠れます」

「私は睡眠薬ですか」

と、水田は真面目くさって言った。

入院窓口で話を聞いて、水田は戻って来ると、

「安井吉郎は、ここの最高級の個室にいるそうです」

と言った。「どうやら父親が来ているらしい。峰山さんはここにいた方が」

「そうします」

「待合室に座っていて下さい」

水田が花束を持つと、ちょっとネクタイを直してエレベーターへと向った。

――宏子は安堵して、待合室の長椅子の一つに腰をおろした。

水田は本当によく気をつかって、しかも常に冷静である。――宏子には、水田を慕う五代ユリの気持がよく分った。

そのとき、宏子は通りがかった男と目が合って、

「まあ」

と、思わず腰を浮かしていた。「松木さん……」

松木が一瞬立ちすくんだ。宏子は、そばに松木の妻がいるのかと素早く見回したが、姿は見えない。

松木はすぐに穏やかな笑顔になって、

「やあ……」

「この間はごめんなさい」

と、宏子は言った。「運動会に突然行ってしまって」

「いいんだ」

「良くないわ。後で奥様は何かおっしゃってなかった？」

と、宏子は訊いた。

「そりゃ、少しは気にしていたさ。でももう何も言わない。忘れてるだろう」

そんなはずはない。——宏子は自分が妻の立場なら、決して忘れはしないだろう、と思った。

「もう、二度としないわ」

と、宏子は言った。「この病院にどうして?」

「うん、ちょっと知り合いが入院してるんだ」

「お見舞?」

「まあね。君は——」

「うちのタレントがけがして……。でも、私は付いて来ただけ」

「そうか」

松木は少しためらって、「じゃあ、また」

「ええ。会えて嬉しかったわ」

「僕もだ」

松木は、宏子の手を軽く握って、それからエレベーターの方へと足早に向って行った。

そのとき、宏子のケータイが鳴った。

「あ、いけない」

病室の方まで行かないので、電源を切っていなかった。取り出すと、ユリからだ。

宏子は病院の外へ出ながら、

「もしもし、ユリちゃん？」

「峰山さん、今、水田さんは？」

ユリの声は緊張していた。

「今、病室へ行ってるわ。水田さんにかけたの？　電源切ってるわよ」

「でも良かった。峰山さんが出てくれて」

「どうしたの？」

「今、私のケータイに、マオさんからかかって来たの」

「何ですって？」

「収録のとき、番号とアドレス交換してたから」

「それで――マオさんは何て？」

「泣いてたわ。マネージャーが一人でどっかに行っちゃって、置いてかれたって」

「まあ」

「どうしたらいい？」

「待って。今、ユリちゃんはどこ？」

「会社。でも、他の人には聞かれてない。トイレの中なの」

「分ったわ。水田さんに知らせる。もう少しそこにいて」

「うん。階段の方で待ってる」

宏子は通話を切ると、エレベーターへと急いだ。——吉郎の父親、安井徹などには会いたくないが、仕方ない。

エレベーターで〈特別室〉とあるフロアへ上って行った。扉が開くと、ソファの所に一見してヤクザ風の男たちが三人、休んでいた。

「——おい、誰に用だ」

と、一人が宏子の方へやって来る。

「安井吉郎さんの事務所の者です」

と、宏子が言うと、

「さっきも一人来たぞ」

「はい。その水田って人に急用で」

「まあ、いいだろ。——来い」

と、先に立って行く。

ドアの前にも、用心棒風の男が一人、椅子にかけていた。

「ここで待ってろ。名前は?」

「はい、峰山といいます」

ドアをノックして中へ入る。

少し間があって、水田が出て来た。

「ごめんなさい」

と、宏子は言った。「今、ユリちゃんから急な用事で……」

ここでマオの名は出せない。

「用事というと?」

「ともかく大至急連絡したいって」

水田も、宏子の表情から、ただごとでないと察した。

「分りました。では、ひと言言って、すぐに」

「ええ、お願い」

水田は病室の中へ入って行く。ドアは少し開いていた。

「近江によく言っとけ!」

と、乱暴な声が聞こえた。

「――失礼します」

水田が出て来る。

そのとき、開いたドアの向うに、ベッドと、立っている男たちの姿が見えた。

松木が、そこに立っていた。

「――行きましょう」

と、水田は促して、「峰山さん――」

「今……中に……」

水田はチラッと閉じたドアの方へ目をやってから、宏子の腕を取って、引張るようにエレベーターへ向った。

エレベーターに乗って、扉が閉る。水田は息をついて、

「見たんですね」

と言った。

「松木さんが……」

「松木貞夫は、安井徹の組の幹部です」

「あの人が……」

「お話ししようと思っていたんですが……」

一瞬よろけそうになる宏子を、水田はあわてて支えた。

「ごめんなさい……。びっくりして……」

「当然ですよ。ユリは何と？」

宏子はハッとして、

「そうだわ。――ユリちゃんに、マオさんから電話が入ったそうです」

「それは……。分りました」

一階へ着くと、水田は急いでケータイの電源を入れ、ユリへかけた。

「――水田さん！」

「今聞いた。マオちゃんはどこにいるって?」

「それがよく分んないの。郊外の方らしいけど。マネージャーの車で走ってて、マオさんがトイレ見付けて、停ってもらったんですって。で、出て来たら車がいなくなってたって……」

宮田はマオを放り出して逃げてしまったのだろう。

「マオさん、可哀そうだわ。ね、助けてあげて」

「彼女のケータイにかけて、僕の番号を教えてあげてくれ。こっちへかけるように。直接話せば、どこにいるか、何とか分るだろう」

「うん、そうするわ」

水田は一旦通話を切ると、宏子の方を振り向いた。

宏子は固い表情で、じっと足下の地面を見つめていた。

「峰山さん……」

「あの人は……私を騙したのね」

声はかすれていた。

「それはどうなのか……。松木は、その辺のチンピラとは違う。なかなかできた人間だという話です」

しかし、その言葉は少しも宏子の慰めにはならなかった。

「水田さん……。私、一人で帰っても?」

「もちろん。直接、自宅へ？」

「そうね……。その方がいいみたい。社長にはうまく言っておきますから」

「じゃ、そうして下さい」

ケータイが鳴った。「——もしもし。マオちゃん？　水田だよ」

「ああ……。ユリちゃんが、あなたの言う通りにしろって……」

マオの心細げな声が聞こえて来た。

15　震え

水田はゆっくりと車を走らせた。

もうすっかり夜になっている。——公衆トイレについていたプレートの名前から、大方の見当をつけ、車を走らせて来た。

マオが心細さに震えながら待っているだろう。

明りが見える。——あれかな？

ほっそりした人影がライトの中に浮かび上った。水田はホッとした。

車を寄せて停めると、マオが駆け寄って来た。

「後ろに乗って」

と、水田は車を出ると、マオの肩に手をかけて言った。

細い体は、はっきり分るほど震えていた。

「見付かって良かった――」

と、言いかけた水田に、マオがしゃくり上げながら抱きついて来た。

どんなに心細かったろう。――しばらく、水田はそのまま泣かせておいた。

「すみません……」

やっと泣き止むと、手の甲で涙を拭いて、

「怖くって、私……」

「当然だよ」

と、水田は優しく言った。「しかし、早くここを離れた方がいい。分るね」

「ええ」

「後ろの座席に乗って。――疲れていたら、横になって寝てもいいから」

「はい……」

マオは乗ろうとして、「あの……」

「何だい？」

「私……お腹が空いて……」

マオが恥ずかしそうに言った。

水田は微笑んで、

「いや、若いんだから当然のことだよ」

と言った。「安心したよ」

「すみません」

と、マオはちょっと舌を出して見せた。

「少し都内へ戻ってからにしよう。それくらい我慢できるかい？」

「はい、大丈夫です」

水田は車をUターンさせて、来た道を戻って行った。

気になっていることがあった。

マオを放り出して逃げたマネージャー、宮田のことだ。

安井の命令で、おそらく宮田を捜している者たちが大勢いるはずだ。宮田もあまり注意深い方とも言えない。

マオを連れていると目立つ、というので置いて行ったのだろうが、一人でも、いずれはどこかで見付かる。

そのとき、当然、

「マオはどこだ？」

と訊かれる。

もし今ごろ宮田が見付かっているなら、こっちへ安井の子分たちが向っていることも考えられるのだ。

早いところ、あの場所から離れたいと思ったのは、そういうわけだった。

しかし、車が都内へ入り、もう大丈夫となったので、

「——何が食べたい？」

と、水田は後ろへ訊いた。

「マック！」

と、マオはすかさず答えた。

「マックか。安上りでいい」

と、水田は苦笑して、「よし、見付けたら寄ろう」

と言った。

幸い十分ほどで見つかったので、車を入れた。ユリが心配している。連絡してやりたかった。

「——おいしい！」

チーズバーガーを一個、アッという間に食べ終えてしまったマオは、大きく息をついて、

「もう一つ食べていい？」

と、水田に訊いた。

「ああ、いいとも」

同じ物を二つ食べる、という気持は水田にはよく分らないが、しょせん六十歳と十七歳で

は分らなくて当然かもしれない。

マオが二個目を食べ始めると、水田は店の表に出て、ケータイでユリへかけた。

ユリはなかなか出ない。――かけ直そうとしていると、

「もしもし！」

と、ユリの声。

「ああ。今、大丈夫か？　かけ直そうか」

「ううん。マナーモードにしていたの。今社長室を出てトイレに来たから」

「そうか。マオちゃんは無事に見付けた」

「良かった！」

と、ユリは泣きそうな声を出した。「でもここへ連れて来ちゃだめ」

「どうした？　何かあったのかい？」

「社長の奥さんが……」

と言って、口ごもる。

「亜沙子さんがどうしたって？」

「安井吉郎のお父さんににらまれたら怖い、って言って、詫びに行きなさいって言い張ってるの」

「で、社長は？」

「渋い顔してる。でも『私に何かあってもいいの？』って奥さんがヒステリー起して」

「私は、黙って聞いてただけだけど、奥さん、安井って人にうちの事務所の株主になってもらえばいい、って言うのよ。果梨さんが猛反対して、ほとんどケンカ」

亜沙子の言葉には何か裏の事情があるのだろう、と水田は思った。

「分った。もう戻れ。もちろん、知らん顔してろよ」

「うん。マオさん、大丈夫？」

「ともかく安全な所へ隠す」

「よろしく言ってね」

ユリの言葉はやさしかった。

水田は店の中の様子を見て、マオが二つ目は大分ゆっくり食べているので、今度は妻の果梨へかけた。

「あなた？　今、どこなの？」

と、果梨がホッとした様子で、「もう戻れる？」

「うん。峰山さんがちょっと具合悪くなって、送って来たんだ」

話していると、

「あの人なんか、ただの社員よ！　関係ないでしょ！」

と大声で怒鳴る亜沙子の声が聞こえて来た。

「果梨。亜沙子さんと替ってくれ」

「ええ……。待って」

と、果梨は言って、「――主人が話したいって」

「何よ？――もしもし」

と、不機嫌な声の亜沙子が出た。

「どうも。病院で、安井吉郎の父親とも会いましたが――」

「あんたの意見なんか聞いてないわ！これは社長が決めることよ」

「もちろんです。しかし、性急に動くのは間違いの元です。状況を冷静に見極めて――」

「私は社長の妻よ！私に意見する気？」

「とんでもない。ただ、あまり興奮されるとお体にさわるかと思って」

「心配してもらわなくたって――」

「心配しますよ。家内の果梨も気を付けてます。奥様もご用心なさらないと」

ちょっといぶかしげに、

「何を言ってるの？」

と、亜沙子は言った。

「医学は進歩してるとはいっても、やっぱり女性にとって、妊娠は大変なことですからね」

しばらく、亜沙子は黙っていたが、

「――ありがとう、気をつかってくれて」

「いいえ。これからそちらへ戻ります」

「分ったわ……」

間があって、果梨が出た。

「あなた？」

「黙って聞け。マオちゃんを連れてる。一旦うちのマンションへ連れて行くから、君はマンションへ戻ってくれ」

「分ったわ」

「できたらユリも一緒に」

「うん、そうする」

「じゃ、後で」

通話を切って、水田は息をついた。

そうか。コーヒーを買って、さっぱり飲んでなかったな……。


「おい、松木」

安井徹が松木を促して、息子の病室から廊下へ出た。

安井は難しい顔で、病室から離れると、

「どう思う」

と、松木へ訊いた。

「はあ」

松木も答えようがない。

「まあ、あいつのけがは軽くてすんだ。しかし、問題はこれからだ」

「そうですね」

「あいつを刑務所へ入れることだけはしたくない」

と、安井は言った。「──その何とかいうタレントだが」

「マオですか」

「吉郎に襲われたと言わせないように、何とか手を打てないか」

「さあ……。TVでも、マオの姿が流れてますし……。それに医務室で暴力を振ったのはまずかったです」

「うん……。俺もあのときはカッとしてたんでな」

「警察も、ここまで事が公になると、手心を加えるのは無理でしょう」

「そこを何とかするんだ！」

「医務室で医者とかを殴った連中は、自首させるしか……。吉郎さんのことを聞いて、カッとなって勝手にやった、と言わせれば……」

「うむ。仕方ないな。言い含めて自首させろ」

「それは組長から」

「まあ……そうだな」

「問題はマオです。捜していますが、見付かりません」

「警察より先に見付けて、何としても口をふさぐんだ」

「これ以上事件を起せば、組そのものが危くなります。それは避けなくては」

「分っとる！　殺せとは言ってない。金で黙らせろ。ともかく吉郎がやったと言わせないことだ」

「しかし……」

「誰か他の犯人を仕立てるんだ」

「ですが、殴られたのは吉郎さんですから」

「うむ……」

今度ばかりは、さすがに安井徹も頭を抱えるしかない。

松木にしても、手の打ちようがなかった。

そのとき、エレベーターの扉が開いた。

「――刑事です」

と、松木は言った。

三人の刑事が真直ぐに病室へと向った。

松木が止める間もなかった。

息子を心配するあまり、安井が三人の刑事たちの前に立ちはだかったのだ。

「おい、待て！　ここは病院だぞ！」

と、安井は刑事たちをにらみつけて、「患者の具合が悪くなったら責任を取るのか！」

「社長──」

松木は間へ入ろうとしたが、刑事の一人に遮られた。

「ちゃんと医師の許可は取ってある」

と、刑事が言った。「逮捕じゃない。事情聴取だ」

「しかし──弁護士を呼ぶ！　それまで待ってくれ」

「そんな権利はない。そこをどいて」

「いや、しかし──。俺は安井徹だぞ。分ってるのか。お前たちの上司にいくらでも知り合いがいるんだ！」

松木はため息をついた。

確かに、裏では色々と警察とのパイプを持っているが、表立ってそんなことを口にすれば、刑事の方も後に引けなくなる。

いつもの安井なら、そんなことは承知しているのだが、やはり息子吉郎のこととなると頭に血が上ってしまうのだ。

「そんなこと、知ったことか」

と、刑事はムッとした様子で、「これ以上邪魔すると、公務執行妨害の現行犯で逮捕するぞ！」

そこまで言われると、安井も口をつぐまざるを得ない。

刑事たちは、安井を押しのけて、病室へと向った。病室の前に立っていた安井の子分たちも、今のやりとりを見ていたので、おとなしく道を開けた。

病室へと刑事たちが入って行く。

「——私がついています」

松木は急いで駆けて行くと、病室へ入ろうとドアを開けたが、中にいた子分も刑事に押し出されて、

「誰も入るな！」

と、ドアを閉められてしまった。

「——畜生！」

安井は歯ぎしりしている。こんな屈辱を味わったことはなかっただろう。

「仕方ありません」

と、松木は言った。「吉郎さんがうまく切り抜けてくれるといいんですが……」

「あいつはすぐカッとなる」

安井も息子のことはよく分っている。「ともかく何を訊かれても、ひと言も口をきかずに黙っていてくれればいいんだが……」

「社長！」

と、松木が言った。「吉郎さんのケータイへかけてそうおっしゃれば」

「そうか！　その手があったな！」

安井は急いでポケットからケータイを取り出した。「ええと……。吉郎の奴はどこだ……」

登録している番号を捜していると——。

病室の中から、何か怒鳴る声がして、物の壊れる音がした。

松木はあわてて病室へと駆けつけた。

ドアを開けて、松木は愕然とした。

刑事が一人、床に倒れている。飛び散っているのは、砕けた花びんだろう。

ベッドに起き上った吉郎は、二人の刑事に押えられて、顔を真赤にしながら、

「この野郎！　俺を馬鹿にしやがって！」

と、大声で喚（わめ）いている。

「大丈夫ですか！」

松木が、倒れている刑事を抱き起す。

「畜生……。いきなり花びんで殴りやがった！」

額が傷ついて、顔に血が流れ落ちている。

松木は青ざめた。——もうどうしようもない。

「どうした！」

安井がやって来ると、その場を一目見て、状況を察した。

「おい、誰か！　医者を呼べ！」

と、松木は廊下で呆然と立ちすくんでいる子分の方へ怒鳴った。

「何てことしやがった！」

刑事の一人が吉郎を殴りつけた。

「待ってくれ！」

安井が駆け寄って、「息子のことは見逃してくれ！」

「ふざけるな！　いきなり花びんで殴りやがって。許せるか！」

「頼む。これは突発的な——そうだ、事故だ。そうだろう？　そういうことにしてくれたら……一人に一千万、いや三千万ずつ出す！」

「金で済む話か」

と、殴られた刑事はハンカチで出血を押えながら立ち上ると、「これでお前の息子は傷害罪で当分刑務所だ」

「頼む！　許してやってくれ！　五千万でどうだ？」

そんな話をすれば逆効果でしかない。松木にも、手の打ちようがなかった。

「父さん」

と、吉郎が訴えるように、「僕のことを笑ったんだ。『女に振られて、そんなに悔しかったのか』って、三人で笑ったんだ」

「吉郎……」

「僕は悪くないよね？　人間、プライドを守るために命を賭けることがある、って、父さん、言ってただろ？」

看護師と医者が駆けつけて来た。

「——まあ、ひどい出血、すぐ手当を」

「縫わなきゃいけないな。診察室へ」

と、医者が促した。

その間に、安井は病室を出て行った。

「父さん！　僕のせいじゃないんだ！」

と、吉郎は泣き出しそうな声を出した。「刑務所はいやだ！　父さん、何とかして！」

「吉郎さん、落ちついて」

と、松木がなだめた。「今は騒いでもむだです。刑事を殴ってけがさせたんだ。今はおとなしくして下さい」

「いやだ！　お前は子分じゃないか！　何とかしろ！」

「吉郎さん——」

そのとき、病室の中に奇妙な静けさが広がった。

吉郎を押えていた二人の刑事も、傷ついた刑事も、医者や看護師も、動かなかった。

「——息子から手を離せ」

と言ったのは、安井だった。

安井の手には、拳銃が握られて、銃口はけがをした刑事へと向けられている。

「言うことを聞かないと、こいつを殺す」

松木の顔から血の気がひいた。——安井は正気を失っている。

「父さん……」

「吉郎、歩けるか」

「うん」

「こっちへ来い」

二人の刑事が手を離した。吉郎はベッドから出ると、父親の方へと駆け寄った。

「俺のそばを離れるな」

「うん」

「――やめて下さい！」

やっと松木は言った。「何もかも終りですよ、そんなことをしたら！」

「俺は息子を守る」

と、安井は言った。「こいつを刑務所へは入れない」

「父さん！」

「一緒に来い」

「うん」

安井は、吉郎を自分の後ろへ隠すようにして、病室から後ずさって出ると、「ここから出たら撃つ」

と言っておいてドアを閉めた。

「馬鹿な奴だ」

と、けがをした刑事が首を振って、「おい、追いかけろ！」

と、他の二人に言った。

「はい！」

二人が急いで病室を出ようとドアを開けると、銃声がして、一人が肩を押えて倒れた。

「畜生！　おい、手当してくれ！」

――松木は、あまりに思いがけない成り行きに、ただ立ちすくんでいた。

16　匿う

その夜、水田がマンションに戻ったのは、もう午前二時を回っていた。

「お帰りなさい」

果梨が玄関へ出て来た。

「起きてたのか」

「もちろんよ」

居間へ入ると、ユリがソファから立ち上った。

「どうなったの？」

「まあ待ってくれ」

と、水田は言った。「マオちゃんは?」

「お風呂に入ったら、疲れが出たらしくて、寝ちゃった」

と、果梨が言った。

「そうか、そりゃ良かった」

水田はぐったりとソファに身を沈め、「すまないが、コーヒーを一杯、いれてくれないか」

「さっきいれてユリちゃんに飲ませたわ。それでいい?」

「ああ、もちろんだ」

果梨が温めたコーヒーを半分ほど一気に飲んで、水田は深々と息をついた。

「——えらいことになったんだ」

と、水田は言った。「明日になれば、ニュースで流れるだろう」

「どうしたの?」

「安井吉郎の父親が、刑事を撃って、息子と逃げた」

啞然とする果梨たちへ、水田はいきさつを詳しく話してやった。

「じゃあ、マオちゃんのことは……」

と、ユリが言った。

「マオちゃんどころじゃないだろう。——安井も冷静さを失ったんだ」

「でも、良かったじゃないの!」

と、果梨は微笑んだ。「これで安井が捕まれば」

「確かにな」

水田の表情は晴れない。

「何が心配なの？」

「一つは、吉郎がまだうちのタレントだってことだ。近江さんが明日コメントを出す」

「それ以外にも？」

「ああ……。もちろん、安井は自ら組長の座を捨てたようなもんだ。しかし——息子を溺愛するにしても、あそこまでやるとはな。問題は安井が少し頭を冷やして、自首する気になってくれるかどうかだ。むしろ、息子と二人、やけになったら何をするか分らない」

「じゃあ——マオちゃんを逆恨みしたり？」

「あり得るな。ともかく、二人が捕まるまでは用心第一だ」

「どうするの、マオちゃん？」

「当面、ここに置くしかないだろう。一番安全だ。——ただ、君が危い目にあうのは困る。どこかホテルにでも行くか？」

「マオちゃんのこと、誰が世話するの？　ここにいるわよ」

「そうか。——ユリは仕事がある」

「ええ」

「ともかく今夜は寝よう。僕は明日の朝シャワーを浴びる」

と、水田は立ち上って伸びをした。

水田は自分のベッドにユリを寝かせ、自分は居間のソファで寝ることにした。

——興奮していて、すぐには眠くならなかった。

これからどうなるのだろう?

ソファで、やっと少しウトウトしかけていた水田は、テーブルの上のケータイが鳴り出し、びっくりしてはね起きた。

こんな夜中に、誰だ?

ケータイにかけて来たのは、クラブ〈J〉のアンナだった。

「すみません、こんな時間に」

と、アンナが言った。

「いや、大丈夫。どうしました?」

「今までお店だったので、よく分らないんですが、店長が他の人と話してるのが耳に入って来て。安井に何かあったんですか?」

「ああ。じゃ、知らないんですね」

水田は目をこすりながら、「安井はもう、あなたにつきまとうことはないでしょう。それどころじゃありませんからね」

「というと……」

水田は手短かに状況を説明した。アンナはしばらく黙っていたが、やがて涙声で、

「良かった！　それじゃこのお店にも来ませんね」

「姿を現わせば、たちまち捕まりますよ。安心していていいでしょう」

「今夜はぐっすり眠りますわ」

と、アンナは言った。「ありがとうございました！」

アンナの声が弾んでいる。

安井のために、どんなに辛い思いをしていたかが伝わって来て、水田もどう言っていいか分らなかった……。

「遅くに起してしまって、すみませんでした」

アンナが何度も詫びてから切った。

水田は、頭を振って、

「やれやれ……。目が覚めちまった」

と、伸びをした。

しかし——この電話の後、水田はコロッと寝入ってしまったのである……。


「そこで結構」

アンナはタクシーでマンションまで帰ると、「おつりはいいわ」

「こりゃどうも」

運転手を喜ばせたい。今のアンナは、そんな気分だった。

いつもなら、疲れ切って重い足でマンションのロビーへ入って行くのだが、今夜は足取りも軽い。

普段は店で飲んだアルコールが、胃の辺りにたまって、鈍い痛みを感じているのだが、今は本当に少し酔っていたのだ。

インターロックを開け、エレベーターの方へ行きかけると、

「アンナ」

と、呼ぶ声がした。

足を止めて、「まさか!」と思いながら振り返る。

「待ってたんだ」

と、安井徹が言った。

「どうして……ここへ?」

アンナは、幻でも見ているのかと思った。しかし、確かにそこにいるのは安井だ。

「聞いたか」

と、安井は言った。

「ええ……。お店で、みんなが話してました」

「厄介なことになった」

と、安井は息をついて、「ともかく、俺はあいつを刑事に逮捕させるわけにゃいかなかったんだ」

「息子さんのことですか」

「ああ、吉郎だ。確かに、奴が馬鹿をしたんだ。そいつは分ってる。だが、金で話がつくようなことなんだ」

刑事を殴ったり、拳銃で撃ったりして、「金で話がつく」とはとても思えないが、今そんなことを言っても仕方ない。

アンナは、このマンションまで、安井が車で二、三度送って来たことがあるのを思い出した。

「でも、安井さん……」

「ともかく、二人ともくたびれてるんだ。特に吉郎は入院してたからな。――おい、吉郎！」

照明を落としたロビーの隅から、頭に包帯を巻いた吉郎がフラフラとやって来る。

「父さん……。腹が減ったよ」

「分ってる。アンナには会ったことがあるな？」

「うん、たぶん……」

「俺がずっと面倒をみてやってる子だ。こいつの所なら大丈夫。――アンナ、ともかく部屋へ行こう」

アンナは、呆然としていた。

安井は、アンナが「世話になって感謝している」と信じ込んでいるのだ。

「――分りました」

アンナはエレベーターのボタンを押した。

五階に上ると、〈503〉のドアを開ける。隣のドアが開いて、

「あら、お帰りなさい」

と、ホステスをしている女性が出て来た。

「あ、どうも……」

アンナは、隣人が当然安井たちを見ていると分っていたが、「これからお出かけですか？」

「うん。ホテルで待ち合せ。夕方まで、たっぷり楽しめるからね」

「いいですね。ごゆっくり」

「ええ、それじゃ」

アンナはドアを開けると、安井たちを中へ入れた。

「――今の女は？」

「お隣さんです。ホステスさんで」

「サツへたれ込むかな？」

「ああいう仕事の人は、厄介事に巻き込まれるのを一番嫌いますよ。上って下さい」

そう言わなければ、安井が隣の女性を射殺しかねない、と思ったのだ。

しかし、安井も、今は人を殺す元気はないらしかった。

ともかく息子を抱えるようにして上ると、

「——狭いな」

「当り前ですよ。一人住いなのに」

「ともかく、横になれ」

と、息子をソファに寝かした。

アンナはカーテンを閉めて、

「何か食べます？」

と訊いた。

「腹が減ったって言ってるだろ！」

と、吉郎が駄々っ子のように言った。

「ピザでも取りましょうか。食べるものは置いてないので」

と、アンナは言った。「それと、大きな声を出すと両隣へ聞こえます。そう高級マンションってわけじゃないので」

「分った」

と、安井は肯いて、「吉郎。匿ってもらうんだ。そうでかい声を出すな」

「うん……」

吉郎が渋々という様子で肯く。

アンナはピザを注文した。

「——怪しまれないか」

と、安井が言った。

「この辺は、この時間にピザとか頼んでも珍しくないですよ」

と、アンナは言った。「失礼して着替えます」

アンナは奥の寝室へ入ってドアを閉め、普段着に替えた。

安井親子が、アンナを頼って来ている。――思ってもみないことだった。

むろん、今一一〇番してもいい。

しかし、アンナはふしぎな「楽しさ」を感じていたのだ。

今まで、散々安井に泣かされ、苦しめられて来た。しかし今、その安井の運命をこの手に握っているのだ。

そう思い付くと、この奇妙な「ゲーム」を、少し楽しんでやろうと思ったのである。

十五分ほどでピザが来て、アンナは玄関で受け取って支払った。

「――さあ、どうぞ」

居間のテーブルにピザを置く。

チーズの匂いがして、こんな状況なのに、アンナも食欲が湧いた。

吉郎は、呆れるばかりの勢いでピザにかみついて、

「あちち……。でも、旨い！」

「落ちついて食え」

と、安井が苦笑した。「俺も食うか。こういうもんは、あんまり好きじゃないが」

「おいしいですよ、熱い内に食べると」

「うん……。ピザ代は後で払う。あんまり金を持ってないんだ」

そんなことに気をつかっている安井は初めて見た。――アンナは笑ってしまいそうになるのを、何とかこらえた。

「旨かった！」

と、吉郎がため息をつく。

「私の、半分食べます？　私、もう沢山」

「うん！」

吉郎が、遠慮もなくアンナのピザをつかむ。

「――吉郎を寝かせる所はあるか」

と、安井が言った。「何しろけがしてる。このソファじゃ体が痛いだろう」

「ベッドは私の一つだけですけど。シングルで、狭いですよ」

「まあ我慢するさ。俺はこのソファで寝る」

アンナはどこで寝ろと言うのだろう？

「――お前はどうする？」

と、安井は平然と訊く。

「私は……そこの椅子でも寝られます」

と、アンナは言った。

安井は伸びをして、

「―――さすがに疲れたな。おい、風呂を貸してくれ」

「ええ。こちらです。ユニットバスですから小さいですよ」

「構わん。ともかく風呂に入らんと眠れないんだ。―――しかし、お前と会えて良かった」

会わなきゃ良かった、と思わせてやる、とアンナは思った。

「これからどうなさるんですか？」

「ともかく風呂に入って、寝る。―――後のことはまた明日だ」

安井は、よほど安心しているのか、大欠伸した。そして、バスタブにアンナが湯を入れてやり、

「タオル、これを使って下さい」

「すまん。―――吉郎をベッドへ連れてく。手伝ってくれ」

ピザをたらふく食べて、吉郎も眠くなったらしい。安井とアンナが支えて、ベッドへ寝かせると、すぐいびきをかいて眠ってしまった。

「明日、松木へ連絡する」

と、安井は言った。「あいつなら、うまくやってくれるだろう」

「他の幹部の方々は？」

「みんなサツに目をつけられて、動きがとれない。―――当面は身を隠すしかないな」

「でも……」

「心配するな。二、三日のことだ」
二、三日も？　冗談じゃない！
しかし、アンナは穏やかに、

「ここにいる間は安心してて下さいね」

と言った。「私を信用して下さって大丈夫です」

「ああ。——ありがとう。この恩は忘れん」

安井が大真面目に言った。

アンナは居間へ戻ると、安井が風呂に入っている音を聞きながら、声を殺して笑い出した……。

17　女の哀しみ

「ともかく——」

近江は、記者たちの質問を打ち切るように、言った。「〈ＯＭプロ〉としましては、一昨日付で、安井吉郎を解雇しております」

記者たちから飛んで来る質問へかぶせるように大声で続ける。

「マオさんへの暴行未遂事件については、私どもの管理に問題もありました。大変申し訳ないことで、マオさん所属の事務所に対し謝罪しまして、先方も了解して下さっています」

「マオちゃんの行方が分らないそうですが」

と、記者の一人が言った。「何かご存知では?」

「こちらには、何の情報も入っていません」

と、近江は言った。

「安井吉郎の父親が、暴力団の組長だったことは、当然知ってたわけですね」

と、いわゆる芸能リポーターの一人が訊いた。「その社会的責任については?」

記者会見の席の隅で、水田はそのやりとりを聞いていた。——呆れたもんだ。安井吉郎が安井徹の息子だということぐらい、あのリポーターが知らなかったはずはない。

「私としましては、安井吉郎もすでに十八歳で、子供とはいえず、親がどういう人間であろうと、タレントとしての評価とは別物であると考えています」

予想された質問だったので、水田が回答を用意しておいた。近江は堂々として、リポーターたちのご機嫌を取るような態度は見せなかった。

「では、会場の都合もありますので、以上で」

と、峰山宏子が言うと、会場からは不満げな声も上ったが、安井親子が逃走中であることは誰もが知っているので、妙なことを言ってとばっちりを食いたくないのだろう、素直に席を立った。

「ありがとうございました」

峰山宏子は記者たちを送り出して、「——お疲れさまでした」

と、近江に言った。

「うまく行ったな」

と、近江はホッとした様子で、「TVはちゃんと録画しといてくれ」

「はい。スポーツ紙は明日の分をチェックしておきます」

「よろしく頼む。——ああ、水田君、助かったよ。『想定問答集』をこしらえておいてくれて」

「いえ」

と、水田は言った。「後は早くあの親子が捕まってくれれば……。これ以上罪を重ねてほしくないですからね」

控室へ戻ると、専務の西条がソファから立って、

「社長、お疲れさまです」

「何だ、来てたのか。こんな大事なときに遅刻する奴があるか」

「すみません。今朝ちょっと調子が悪くて……」

「まあいい。マオの事務所と話をつけないといかん。向うの感触を探っといてくれ」

「分りました」

西条は正直、途方にくれていた。

せっかく松木が金の都合をつけてくれそうだったたっていうのに！　もう少し早く話がついていれば……。

こうなったら大損したことを、亜沙子に言わずにはすませられない。

「やれやれ……」

つい、気の重くなる西条だった……。

「──失礼します」

ケータイが鳴って、峰山宏子が控室から急いで出て行った。

「何だ、男からかな」

と、近江が笑って言った。

水田には見当がついていた……。

──廊下へ出て、左右を見てから宏子はケータイに出た。

「もしもし」

「松木だ」

むろん分っている。──二人はしばらく黙っていた。

「申し訳ない」

と、松木は言った。「あなたを騙すつもりじゃなかった。本当だ」

「何も知らなかった私の方が馬鹿だったんです」

「そんなことを言わないでくれ。初め黙っていたら、言いにくくなって……」

「ずっと黙ってるつもりでした?」

と、宏子は訊いた。

「いや、いつかは話さなくては、と思っていたよ。――今さらこんなことを言っても、信じてもらえないだろうが」

「いいえ。あなたが嘘をつく人ではないことは分っています」

「宏子さん――」

「ただ、あなたは隠していた。それだけですよね」

少し間があって、

「正直に言おう。本当は会って話したいが、知っての通りの状況で、出かけられない。初めは、あなたと付合って、〈OMプロ〉の内情を探るつもりだった」

「うちのプロを?」

「安井組長は、息子がなかなかタレントとして芽が出ないのはプロダクションが悪い、と言って、〈OMプロ〉を買収しろと言っていたんだ」

「まあ……」

「しかし、あなたと会っている内、そんなことはどうでも良くなった。僕にとっては、あなたと会っている時間が本当に楽しかった」

「――ありがとう。私もです」

「そう言ってもらえると……。もう会ってはくれないだろうね」

宏子は固く唇をかんだ。――ともすれば、つい言葉が出てしまいそうになる。

あなたの子を身ごもったんです！

そう叫びたいのを、必死でこらえた。

「今はとても……。あなたも、奥さんやお子さんが大変でしょ」

「まあ……。僕は事情聴取されるくらいで、逮捕されるようなことはしていないからね」

「でも、やっぱり奥さんにとっては……」

「うん。本当はこれをきっかけに、足を洗って欲しいと思ってるだろう」

「そうなさるといいわ。ぜひそうして下さい」

「できるものならね。――今度の騒ぎが収まらないと、先が全く見えないよ」

「逃げてる安井親子からは何も？」

「今のところはね。連絡をもらっても、警察が監視しているから、こっちは動けない。だが、いずれ何か言って来るだろう。他に頼れる人間はそういない」

「松木さん、いけません。安井を逃がそうとしたら、あなたまで捕まってしまうわ」

「しかし、僕としても立場がある。安井さんを見捨てるわけには……」

「奥さんのことを考えて下さい！　お子さんのことも」

宏子はつい、付け加えてしまった。「二人のお子さんのことも」

「二人の？」

宏子は黙っていられなかった。

「私、あなたの子が……」

「何だって？」

松木は息を呑んだ。「いつ——分ったんだ」

「まだ分ったばかり。ね、お願い。お腹の子のためにも、刑務所へ行くような真似はしないで」

「——そうだったのか」

「でも、あなたに何とかしろとは言わないわ。自分のことは自分で何とかします」

「しかし——」

「本当に。任せて下さい。あなたは、奥さんと娘さんのために、今の暮しを守って下さい」

「宏子さん……」

「私、もう戻らないと」

「ああ、すまない。記者会見だったね」

「ええ」

「宏子さん。西条に用心して」

「西条さん？」

「〈OMプロ〉の金を使い込んでる」

「何ですって？」

松木は、西条の話をざっと聞かせて、

「〈OMプロ〉は、あの水田って人に任せた方がいい」

「分りました。ありがとう」

「いや……。せめてものお礼だ」

「松木さん――」

「また連絡する」

松木はそばに誰か来たらしく、少し急いだ様子で切ってしまった。

「――言っちゃった」

松木に話したところで、どうにもならない。それは分っていたのだが……。

してはいけないことをしてしまった、という後悔の思いの一方で、好きな男が、自分のために悩んでいると思うと、ある種の満足感がこみ上げて来る。

そう。――誰がどうなろうと、あの人の一部が、このお腹に宿っているのだ……。

果梨が買物から帰って来ると、掃除機の音がしていた。

居間を覗くと、何とマオがせっせと掃除機をかけている。

「マオちゃん!」

と、大声で呼ぶと、マオはやっと気が付いて、

「お帰りなさい!」

と、額の汗を拭った。

「いいのよ、そんなことしなくても」

「でも、何かしてないと却って落ちつかなくて……」

外出するわけにいかないので、確かに退屈ではあるだろう。

「じゃ、やってちょうだい。助かるわ」

「はい！」

マオは嬉しそうに言った。

「お昼、何食べる？」

果梨は買って来た物を冷蔵庫へしまいながら言った。

「あ、何でも……」

マオはキッチンへ来ると、「――果梨さん、子供、産まれるんですね」

「ええ」

「いいなあ！　私もお母さんになりたい」

「まだ十七じゃないの。マオちゃんは」

と、果梨は笑って、「私は三十七よ。もう産んどかないと」

「ご主人、おいくつなんですか？」

「仕事、停年になってるから、もう六十。どうして？」

「六十なんて思えない。――じゃ、果梨さんと……二十三も違うんだ」

「まあね」

「でも、すてきな人ですよね！　ユリちゃんも、『水田さんが理想の男性』って言ってて、意見一致したんです」

「あら。でも、誘惑しないでね。可愛い子には弱いから」

「ユリちゃんと組んで、二人で水田さんをさらっちゃおうかな」

と、マオは真顔で言った……。

あの子だわ。

綾乃は、ガラス窓越しだったが、確かに見覚えのある顔を見ていた。

今、ＴＶで騒いでいる、何とかいう——変った名前の子だわ。

どこかの暴力団の組長の息子が、あの子に乱暴したとか……。確か、組長と息子が、刑事を傷つけて、逃げているはずだ。

——綾乃は、こうして時々、元の夫のマンションを見に来る。

ここへ引越したのを突き止めるのは大変だったが、諦めなかった。

「何かできないかしら……」

綾乃は、マンションを見上げながら、思った……。

「おい！　しっかりしてくれよ！」

ディレクターの声がスタジオに響いた。「シナリオは三週間も前に渡してあるぞ。憶える時間はあっただろう」

どこか白けた空気が流れた。

「——すみません」

と、謝ったのはユリだった。

「いや……。ま、少し休憩しよう」

ディレクターが嘆息した。

ホッとした様子で、役者たちがセットから降りる。

水田は、ユリがやって来ると、

「ご苦労さん」

と、タオルを渡した。

「ありがとう」

ユリはタオルで額の汗を軽く叩いて取った。「ちょっと間違えちゃった」

「あれぐらいは大丈夫」

と、水田は肯いて見せた。「しかし、ひどいな、みんな」

ユリが楽しみにしていたドラマの収録である。都内のスタジオで朝から二時間かかっていたが、一向に進まない。

理由は簡単。主役クラスの二人がほとんどセリフを憶えて来ていないのだ。

ディレクターは、番組のプロデューサーと何やら話し込んでいた。

やがてディレクターが水田たちの方へやって来た。

「頑張ってるね」

河北（かわきた）というディレクターは、穏やかな初老の男という感じである。

このドラマは、堀田久士のシナリオということで話題になっている。その堀田が信頼しているディレクターが河北なのだ。

「見てれば分ると思うがね」

と、河北はちょっと顔をしかめて、「ともかくこのままじゃ放映日に間に合わない」

「そうですね」

と、水田は肯いた。

「仕方ない、細切れで行く。ユリちゃんはやりにくいだろうが、辛抱してくれ」

河北は、一つのシーンを、できるだけ通してやりたいのである。むろんカメラは一台ではないから、画面は切り換るが、ドラマの流れが途切れずに済む。

しかし、それには役者がちゃんとセリフを憶えていなくてはならない。

「肝心の主役がああだからな」

と、河北はため息をついた。

スケジュールの詰っている主役二人である。ここからは、セリフ一つの度（たび）に、ビデオテープを回して止め、次のセリフ、というように細切れで収録するのだ。

主役はともかくその都度、セリフを一つ憶えればいいのだから、何とかなる。

「堀田さんに叱られそうだよ」

と、河北が言った。

休憩が終ると、河北が全員を集めて方針の変更を告げた。主役のスターが、

「初めからそうすりゃ良かったんだ」

と、聞こえよがしに言うのが、水田の耳にも届いて来た……。

18 欲望

「おはようございます」

と、アンナは微笑んで言った。「よく眠れまして?」

「何とかな……」

安井徹は目をこすって、「今何時だ?」

「お昼です。十二時を少し過ぎてますよ」

「そんな時間か! ——吉郎の奴は?」

「さっき覗きましたけど、眠ってらっしゃるようでした」

「疲れてるんだ。寝かしといてやれ」

「ええ。——簡単ですけど、朝食を」

「ああ、すまんな。いい匂いだ」

ハムエッグとポテトぐらいだが、アンナとしては大サービスである。

「コーヒーで？」

「うん。頼む」

アンナは、自分のカップにもコーヒーを注いで、

「今日はどうするんですか？」

「この辺なら、見付かる心配はないだろう。松木に連絡して、ともかくどこかで会う。このままじゃどこへも逃げられん」

「そうですか」

「あいつなら、何とかして出て来るだろう」

安井はコーヒーを飲みながら、「ケータイは持ってるんだが、電池が切れそうなんだ」

「どこのですか？　私のと同じなら充電できるかもしれません」

「そうか？　見てくれ」

と、安井はケータイをポケットから出してアンナに渡した。

「あ、これだったら、たぶん私ので充電できますよ。待ってて下さい」

「ありがとう。頼むよ」

安井は、息子連れのせいか、いやに殊勝である。

アンナはダイニングキッチンを出て、寝室へ行く途中で、安井のケータイの番号を見ると玄関の傍に積んであったDMの一つを破いてメモした。

「──台所で充電しますね」

充電器を持って来て、台所のコンセントにつないだ。「これで大丈夫。食べてる間に、しばらく使えるくらいは充電できますよ」

「助かるよ」

と、安井は言った。「いや、こうなると、本当に頼りになる人間ってのはいないもんだな」

「私はずっとお世話になってますもの。それに、ずいぶんぜいたくさせていただきましたし」

「そう言ってくれると……。お前の真心が嬉しい」

安井は何と涙ぐんでいる！　アンナは思わずふき出してしまいそうになるのを、必死でこらえなくてはならなかった。

──三十分ほどして、安井はケータイを手にすると、松木へかけた。

「──出ないな」

と、苛々呟いている。「──おい、何してたんだ！」

やっと松木が出たらしい。

「──何だと？　『いつもお世話になってます』とはどういう言い草だ」

ムッとした口調である。アンナは小声で、

「きっと、誰かそばにいるんですよ」

と言った。

「そうか……。いや、すまん。じゃ、俺からだと分らんように聞いてくれ」

と、咳払いして、「金を用意してくれ。それと、車だ。何とか東京を離れないとな」

車？　安井が車を運転しているところは見たことがない、とアンナは思った。

「持って来てくれ。頼むぞ。俺は今……」

と言いかけて、安井はちょっとためらうと、

「ともかく今は安全な所に隠れてる。いつごろ用意できる？　——そうか。じゃ、少ししたら、以前よく使ったバーがあったろう。確か〈P〉とかいった。——うん、あそこが今コーヒー屋になってる。そこへ行ってる。このケータイへ連絡してくれ。頼むぞ」

安井は通話を切ると、

「松木の所にも刑事が来てるのかもしれんな」

と言って、ため息をついた。「しかし、あいつなら大丈夫。何とかするさ」

そうかしら？　いくら松木が忠実な子分だって、自分が刑務所へ入る危険を冒してまで、安井を助けるだろうか。

「出かけて来る」

と、安井はコートをはおった。

「お気を付けて」

「うん。吉郎を頼む」

「はい、ご安心を」

「すまないな」

安井は、アンナに軽くキスをして玄関へ出て行った。

安井が出かけると、アンナは使った皿とカップを洗った。

そして、バスルームに入ると、シャワーのお湯でバスタブをザッと流した。ゆうべ安井が入ったままで、アンナは入らなかった。

アンナは寝室へ入って着替えを取って来ると、バスルームに入り、服を脱いだ。

シャワーだけにしておこう。

それでも、髪を洗ったりしていると、時間がかかり、少しのぼせてしまったアンナはシャワーカーテンをサッと開けた。

同時に、バスルームのドアが閉るのが目に入った。

やっぱりそうか。

アンナは、さっき着替えを取りに行ったとき、ベッドで吉郎が身動きしているのを見ていた。目が覚めているのだろうと思った。

シャワーの音を聞いて、吉郎は起き出して来たのだ。そして、シャワーを浴びているアンナを、カーテン越しに見ていた。

父親とよく似て、女好きなのだろう。こんなはめになったのも、何とかいうタレントの女の子を強引にものにしようとしたから、とのことだった。

アンナは、シャワーを止めると、バスタブから出て、バスタオルで体を拭く。洗面台の鏡へそっと目をやると、またドアが細く開いているのが見える。

アンナの口もとにフッと笑みが浮んだ。

覗きたけりゃ見せてあげる。覗いてごらんなさい。

アンナは、あえてドアの方へ背中を見せていた。ドアは更に少し開いて、吉郎の片目が見えている。

アンナのお尻にでも見入っているのだろう。

アンナはわざと少し時間をかけて、バスタオルで全身を拭った。吉郎が息づかいを荒くしているのが聞こえて来る。

アンナはバスタオルを体に巻いて、ドライヤーで髪を乾かした。

面白くなりそうだわ。――アンナはワクワクして、鏡の中の自分に向ってウインクして見せた……。


金と車、か……。

松木は、安井からの電話を切ると、ケータイをテーブルに置いた。

「お仕事?」

と、佳子が訊いた。

「もちろんさ。色々忙しい」

と、松木は言った。「素子は？　幼稚園は大丈夫なのか？」

「まだ少し早いわ。今日は長い保育の日なの」

と、佳子は言った。

「そうか。――じゃ、俺は出かける」

「ええ。あ、そうだ」

「どうした？」

「お風呂場の電球が切れてるの。換えてくれる？」

「いいとも。新しいのはあるのか？」

「戸棚の中に」

「分った」

松木は立って行った。

戸棚を開けて捜したが、

「――おい、どこだ？　見当らないぞ」

と言った。「おい、佳子」

ダイニングへ戻ると、佳子が立って、じっと松木を見ていた。手に、松木のケータイを持っている。

「佳子……」

「安井さんからの電話ね」

と、ケータイをテーブルに投げ出し、「表には刑事が見張ってるんでしょ？　どうするつもり？」

松木はケータイを手にすると、

「仕事に口を出すな」

と言った。

「出したくないわ、私だって」

と、佳子は言い返した。「でも、自分の夫が刑務所に入るようなことをしようとしてるのを放っておける？　あなたを愛してなければ放っておくかもしれない。でも、私も素子も、あなたのことが大好きなの」

涙を浮かべている佳子の言葉は、松木の胸に突き刺さった。

「もし私の思い違いでなかったら、あなたも私や素子のことが好きでしょう」

「当り前だ」

「だったら、私たちを残して刑務所に入るようなこと、しないで」

いつもの、おとなしくて口数の少ない佳子ではなかった。松木と真直ぐに目を合せて、一歩もひかない決意が感じられる。

「大丈夫だ。用心する」

と、松木は言った。「しかし、安井さんを見捨てるわけには……」

「見捨てて」

と、佳子は言った。「大体、安井さんのしたことを考えて。まともじゃないわ。そんな人の尻ぬぐいをして、捕まるつもり？」

松木がつい目を伏せてしまったのは、佳子の言葉がもっともだと分っていたからだ。

「金を渡すだけだ。後は安井さんが勝手にする」

「見張られてるのよ。それに、後で安井さんが捕まってからでも、逃亡を助けたって分れば、あなたも逮捕されるでしょ」

「まあ……な」

「安井さんに、そんなにお世話になった？　恩を感じるようなことをしてもらったの？」

佳子の言うことに、松木は反論できなかった。――しかし、組長として安井はずっと松木の上にいたのだ。裏切るのは、松木自身の生き方に反することだった。

「――出かける」

と、松木は言った。

「どうぞ」

と、佳子は言った。「帰って来たとき、私と素子はいないわ」

「佳子――」

「出て行って、二度と帰らない。本気よ」

佳子の両眼から大粒の涙が溢れて落ちて行った。

「佳子……」

松木は体が震えた。これだけのことを言うのに、佳子はどんなに苦しんだだろうか。

俺が「裏切者」になるくらい、大したことではない。

松木は椅子に腰を下ろして、息を吐いた。

「分った。——お前の勝ちだ」

「あなた……」

「負けて嬉しい。そんなに俺のことを思ってくれていると分ったからな」

佳子は松木のそばへ寄ると、

「本当なの？　信じてもいいのね！」

と、肩をつかんだ。

「ああ」

松木は、肩に置かれた妻の手に、自分の手を重ねた。

「ありがとう！」

佳子は夫の首にしがみつくようにして泣いた。

「おいおい、濡れるよ」

「ごめんなさい……。でも、ありがたくて」

「佳子——」

「本当よ。本当に、ありがとう」

その言葉には熱い思いがこもっていた。

佳子も、夫にとって「安井を助けないこと」が、どんなに辛いか、よく知っていたのだ。

「ともかく、出かけるよ」

と、松木は言った。「組がどうなるか分らないが、安井さんのことはもうみんな見離してる」

「自業自得だわ」

「全くな。――心配いらない。約束は守る」

「信じてるわ」

と、佳子は言って、夫の頰に唇を触れた……。


「いてっ！」

という声が、待合室まで聞こえて来た。「痛いじゃないか！　もうちょっと……」

待合室に座っていたアンナは、聞こえていないふりをして、女性雑誌をめくっていた。

「男のくせに……」

と、他の女性たちが言い合っているのが耳に入る。

「――アンナさん」

と呼ばれて、診察室に入る。

安井吉郎が、頭のけがに新しい包帯を巻かれて座っていた。

「どうですか？」

と、アンナが訊く。

「後は自然に治るのを待つしかないね」

と、白髪の医師は言った。「抗生物質と痛み止めを出す」

「ありがとうございました」

アンナは吉郎を促して、診察室を出ようとした。

「あ、ちょっと」

と、医師が呼び止めて、「君の方も、話を聞きたい。座ってくれ」

「はい。じゃ、待合室にいて下さい」

と、吉郎を診察室から出すと、少し声をひそめて、「ご迷惑かけてすみません」

と、看護師にも謝った。

「我慢のできない人なのね」

「ええ……」

「君、今の患者を――」

と、医師が言いかける。

「先生、何も訊かないで」

と、アンナは頭を下げた。「お願いします」

「うん、分ってる。ここはそういう病院だからね」

——吉郎が、「頭の傷が痛む」と言い出して、仕方なくアンナはこの病院へ吉郎を連れて来たのだった。

いわゆる「水商売」と呼ばれる職業の女性や、風俗店の女性も、この病院にやって来る。医師がその手の患者に慣れているのと、秘密を守ってくれるので、ありがたい存在である。

「しかし、君もあまり巻き込まれないようにね」

「はい」

と、アンナは肯いた。

「TVで見てたから、すぐ分ったわ」

と、看護師が言った。

「我ままなんで。すみません」

「いや、構わんよ。——包帯を替えるために来るのも大変だ」

「そう長くはいないと思いますので」

「さっさと縁を切ることだ」

「はい」

と、アンナは礼を言って、診察室を出た。

吉郎は仏頂面で、隅の方に座っている。

「——大丈夫ですか?」

と、アンナは小声で訊いた。

「ああ……。俺、痛いのに弱いんだ」

さすがに自分でも恥ずかしがっている。

「お薬いただければ帰ります」

「うん……」

アンナは窓口で呼ばれ、支払をして、それから吉郎と病院を出ることにした。

「親父から連絡ないか?」

と、吉郎が外へ出て訊く。

「今のところ、何も」

「――腹減った。何か食べて帰ろう」

「大丈夫ですか?」

「俺? 平気さ。却ってコソコソしてると見付かるんだ」

「じゃ、そのファミレスででも」

「ああ」

二人はファミレスに入って、奥の席についた。

「カツ丼にする」

と、吉郎は言った。「俺、財布持ってないぜ」

「ええ、任せて下さい」

アンナはオーダーして、吉郎の方に微笑みかけた。

吉郎はニヤついて、

「親父とは長いんだっけ?」

と訊いた。「親父好みだよな」

「そうですか?」

「俺も好みだけど」

吉郎はそう言って、アンナの手を握った。

「いけませんよ」

と言いながら、アンナは吉郎に手を握られるに任せていた。

「いいじゃないか」

拒まれていない、と思ったのだろう。吉郎はさらに力を込めてアンナの手を握った。

「お父様に知れたら、叱られますよ」

父親を持ち出されると、吉郎も弱い。アンナの手を離したが、

「親父に言いつけたりしないだろ?」

と、甘える口調で言った。

「言ったら、私も殴られますよ」

と、アンナは目をそらして、「怖いんですもの、お父様は」

「なに、俺には甘いよ。大丈夫。世話になってるんだ。暴力なんてふるわないさ」

アンナは黙っていた。

吉郎に、「脈がある」と思わせておくのだ。

その内、吉郎のカツ丼と、アンナの注文したサンドイッチが来て、二人は食べ始めた。吉郎も、食べている間はアンナのことを忘れているようだ。

アンナはサンドイッチをつまみながら、さりげなくレストランの奥の方へ目を向けた。

調理場との通路の辺りで、ウエイトレスが二人で話しながら、チラチラとアンナたちの方を見ている。――何しろ頭に包帯している吉郎は目立つ。

刑事にけがをさせて逃走しているのだ。TVのニュースでも安井親子の写真が出ている。

「怪しい」と思われても仕方ない。

ただ「女と一緒」とは言われていないから、通報するのをためらっているのだろう。今の内に出なくては。

サンドイッチは少し残っていたが、吉郎がカツ丼をせかせかと食べ終えたので、

「出ましょう」

と、小声で言った。

吉郎は呑気に、

「コーヒーぐらい飲ませろよ」

と、文句を言った。

「怪しまれてます。いいですか、私が姉、あなたが弟ってことで」

「え?」

「さ、もう行くよ！」

と、アンナは大きな声を出した。「帰っておとなしくしてないと。今、先生にも言われたでしょ」

アンナは伝票を取ると、

「ここはお姉ちゃんが払っとくから。後で、こづかいもらったら返してよ」

と、立ち上って、さっさとレジへ。

「ちょっと――待てよ」

吉郎があわてついて来る。

「先に出てていいわよ。タクシーが来たら停めといて」

と、レジで財布を出しながら、「もう転ばないでよ！ ドジなんだから」

吉郎は仏頂面で店を出た。それがいかにも姉弟に見えただろう。

「けがされたんですか」

と、レジの女性が言った。

「駅のホームの階段を落っこちて。だらしないったらありゃしない！ ――はい、これで」

「危いですね。気を付けないと」

「本当。たまたま他の人にぶつかって止ったからいいけど、下手したら、首の骨でも折るところ」

おつりを財布へ入れて、「ごちそうさま」

と、ファミレスを出た。

吉郎が渋い顔で立っている。

「――うまく言いわけしましたけど、怪しんでるのは確かですよ。さ、歩いて。空車が来たら拾いましょう」

アンナは吉郎の腕をつかんで、急ぎ足で歩き出した……。

19 忘恩

「おかけになった電話は、電波の届かない所にいるか、電源が入っていないので――」

全部聞かない内に、

「畜生！」

と、安井は切った。

松木の奴……。何してやがる！

安井は、指定したコーヒー店で、もう二時間、待ち続けていた。

「おい」

と、安井はウエイトレスを呼んで、「アイスコーヒーはできるか」

「はい」

「じゃ、頼む」

この肌寒い時期に物好きな、と思われたかもしれない。——安井はホットを二杯、飲んでいた。

あまり長く居座っていると、怪しいと思われるかもしれない。といって、松木と連絡がつかないのでは、よそへ行くわけにもいかないのだ。

もちろん、他にもパソコンを開いて、ずっと仕事をしているサラリーマンもいるから、安井がそう目立つわけでもない。ただ、いつも図々しく振舞うのに慣れている安井だが、こういう場所で何も頼まずにいるのは気になるのである。

しかし——松木はどうしたんだ?

ケータイもつながらないというのは……。やはり何かあったのだろうか?

あと一時間待って来なかったら……。一旦ここを出るしかあるまい。

吉郎とアンナが心配しているだろう。安井はテーブルに置いたケータイを見つめた。

うん、そうか。松木はここへ来るのが危いので、アンナへ連絡しているかもしれない。

アンナへかけてみようかと、ケータイへ手を伸してから、安井は気付いた。松木には、アンナの所にいると言わなかった。

それに、ここへ来られなくても、ケータイへかけてくるぐらいはできるだろう。

いつもの身勝手が出て、安井は段々腹が立って来た。——松木の奴! 俺が目をかけてやったのを忘れやがって！

アイスコーヒーが来ると、安井はストローを使わず、一気に飲んでむせ返った。ウエイトレスがそれを見て笑いをこらえている。

ますます苛立ちがつのっていると、ケータイにメールの着信音がした。やっと来たか！

松木からだ。手に取って読むと、

〈今は伺える状況ではありません。ケータイも電源を切って下さい。居場所が分ります。改めて連絡します〉

——安井はがっかりして、しばらくケータイを手にしたまま、動けなかった。

松木が動けないとなると、他にあてにできる人間はいない。——ゆうべの時点で、安井は主だった幹部や、同業の知人たちに連絡してみたのだが、誰もが〈着信拒否〉になっていた。

冷静に考えてみれば、刑事を撃って逃げている人間を助けたら自分がどうなるか、誰だって係りを持つのを拒否して当然だ。

しかし、今の安井は、「あいつにはこうしてやった」「あいつは女で困ってたのを助けてやった」などと、自分が恩を売ったことばかり考えているのだった。

「畜生……」

みんな、いざって時は冷たいもんだ。

——まあ、ともかくアンナがいてくれて良かった……。

このまま粘っていても仕方ない。

「そうか」

松木のメールにあった通り、ケータイの電源を切って、立ち上った。

レジで支払いをすると、

「一五〇円のおつりです」

と、レジの女の子が言った。「がっかりしない方がいいですよ」

安井がポカンとしていると、

「若い女の子は気紛れですからね。約束したって来ないことなんか、いくらもありますよ」

女の子に待ちぼうけを食わされたと思われているのだ。安井は、一一〇番されるよりはいいな、と思った。

「今度は気を付けるよ」

と言って、おつりをつかみ、店を出る。

安井はやけになって、どこへ行くとも考えず、ともかく歩き出していた……。


「合いません」

と、峰山宏子は言った。「三回、計算し直しました」

近江は渋い顔で、目の前に広げられた帳簿を見ていた。——もう、とっくに事態は明らかになっていた。

「いくら足りない？」

と、近江は訊いた。

「一億円と少しです」

近江はため息をついた。

「一億か！——決裁の印は？」

「社長の印もありますが、いつものではありません。よく似ていますが〈近〉の字が違います」

「西条がやったんだな」

「恐らく……」

「あいつ……。ここへ呼んでくれ」

「はい」

宏子は近江のデスクの電話で、西条のケータイにかけた。「——西条さん、峰山です。社長がご用なので、社長室へお願いします」

宏子はちょっと眉をひそめた。

「——いつになるんですか？」

宏子は向うの話を聞いていたが、「でも、届は出ていませんよね」

向うで怒鳴っているので、つい受話器を耳から離してしまう。

「どうした」

と、近江が訊く。

「急な用で、今大阪にいる、と」

「出まかせだな。俺に貸せ」

「はい。——もしもし、西条さん。社長と替ります。もしもし？」

宏子は近江を見て、「切れてしまいました」

「そうか」

「もう一度かけてみます」

「出るわけがない。もう放っとけ」

近江は首を振って、「あいつ、一体何に金を注ぎ込んだんだ？　女がいるとも思えんが」

「さあ……」

宏子も首をひねるしかない。松木は何か知っているのだろうか。

西条が金を使い込んでいることは、松木から聞いたのだが、なぜ松木がそれを知っていたのか、宏子にも分らない。

宏子は、帳簿をチェックしていて、偶然金額の合わないことに気付いた、と近江には説明していた。

「長いこと一緒にやって来たのにな」

と、近江は寂しそうに言った。

「どうしましょうか」

「その内、西条が何か言って来るだろう。それまで待とう」

「はい」

「警察沙汰にはしたくない。ともかく事情を聞こう」

「分りました」

宏子は、近江の人情家らしい部分を見たようで、心を打たれた。

「あいつのことだ。東京にいるに決っとる。といって、どこへ行くつもりか……」

「そうですね」

「金に困ったのなら、俺にそう言えばいいんだ。相談に乗ってやるのに」

宏子は少し黙って近江のデスクの前に立っていたが、

「社長、一つお願いが」

「何だ?」

「今すぐというわけではないのですが……。少し長期のお休みをいただきたいのです」

「ふーん。旅行でもするのか。ほとんど休みなど取っとらんからな。構わんぞ」

「子供ができまして」

と、宏子は言った。「出産前後、しばらくお休みしたいのです」

近江はしばし言葉を失っていたが、

「――おめでとう」

と言った。

「ありがとうございます」

「しかし……」

「妻子のある人と付合っていたんです。一人で産んで、育てようと思いまして」

近江はポカンとしていたが、やがてフッと笑うと、

「君も女だと分ってホッとしたぞ」

「社長。ひどいですよ、その言い方」

と言って、宏子も笑った。


「畜生」

と、西条は電源を切ったケータイを上着の内ポケットに入れて呟いた。

今の峰山宏子の口調で、分っていた。一億円の件がばれたのだ。

もちろん、西条は大阪にいるわけではなかった。それどころか、〈OMプロ〉の入っているビルのすぐ近くに来ていたのである。

しかし、この辺をウロウロしていたらプロの誰かと出会うかもしれない。

といって、どこへ行く?

もちろん、近江の妻、亜沙子に助けを求めることは考えた。しかし、こうなったら、亜沙子が一切の係りを否定することは分り切っていた。

困った西条が、ともかく歩き始めると、危うく誰かとぶつかりそうになった。

「あ、失礼」

と、西条が言うと、

「すみません」

と、若々しい声が言った。「あ、西条さんですね」

西条はその青年を見た。

「僕、金原広一です。亜沙子の弟の」

「ああ、そうか！　いや、ごめん。忘れてた」

一度会ったきりだから、忘れていても当り前だろう。

「姉に会おうと思って。今、会社にいますか？」

西条はちょっと迷ってから、

「これから君のお姉さんと会おうと思ってたんだよ。一緒に来るか？」

と、金原の肩を叩いた。


もう切ろうか、と思ったとき、向うが出た。

「もしもし」

「水田です」

「どうも」

と、アンナは言った。

「お店に電話したら、お休みだと言われて。大丈夫ですか？」

と、水田は言った。

「そうですね……。大丈夫、って言うのもちょっと違うかも」

と、アンナは微妙な言い回しを楽しんでいるかのようだった。

水田はちょっと当惑して、

「どういう意味ですか？」

と訊いた。

「今、私の小さなマンションに二人も居候がいるんです」

「二人？」

「ええ、警察に追われてる二人」

水田は息を呑んだ。

「つまり――安井親子ですか！」

「ご名答」

「脅されて？　こんな話をしていていいんですか？」

「それがね、水田さん、傑作なんですよ。安井はね、私が世話になった恩義があるから喜んで匿ってくれてると信じてるんです」

「じゃあ、今は――」

「今、私、買物に出て来てるんで、大丈夫です」

「そのまま、帰らない方がいい。警察へは私が連絡します」

「いいえ、待って下さい」

「どうしてです？」

「今まで泣かされて来た分、安井に仕返ししてやりたいんです。今、安井は本当に頼れる人がいないらしくて」

「アンナさん……」

「ご心配なく。うまくやりますわ。私、あいつを笑ってやりたいんです」

水田は少し間を置いて、

「――お気持は分ります」

と言った。「しかし、安井と吉郎の親子は、手負いの獣みたいなものです。やけになって何をするか分らない。いざとなれば、あなたを道連れにするかもしれません。あんな男のために命を落としたら馬鹿らしいでしょう」

「水田さん、ありがとう。――あなたは本当に私のことを心配して下さってるんですね。道連れに、ってこと、今まで考えていませんでした」

「今すぐどこかへ姿を隠して下さい。マンションの場所を教えてもらえますか？」

「ええ……」

水田は、アンナの説明をメモした。

「でも、水田さん。少し待って下さい」

と、アンナは言った。「私、やっぱりこのまま安井たちを引き渡すなんていやです」

「アンナさん……」

「私なりに考えているやり方で、安井に仕返ししたい。それが果せたら、警察に任せます」

アンナの口調ははっきりしていた。

「分りました」

「私が連絡するまで、待ってて下さる?」

「待ちましょう」

「約束して下さい」

「――約束します」

と、水田は言った。「このケータイへ連絡を」

「ありがとう、水田さん」

と、アンナは言った。「私は安井に、この体を散々汚されて来たんです。当り前のやり方では、仕返ししたことになりません」

「分りました。しかし、くれぐれも用心して下さい」

「ありがとう」

通話を切ると、水田は難しい顔で考え込んだ。

「――どうしたの、あなた」

果梨が居間へ入って来た。

水田は、ユリのスケジュールが少し空いたので、自分のマンションへ立ち寄っていたのである。

「うん……。困ったな」

と、水田はため息をついて、「約束はしたが……」

「どういうこと？」

「安井親子は、クラブ〈J〉のアンナの所にいる」

「分ってるんだったら、すぐ――」

「僕もそう思うんだが……」

水田の話を聞くと、マオが青ざめて、

「あの息子は普通の人間じゃありません！　仕返しだったら、私だってしたいわ。でも、下手をすれば殺されてしまう」

「そうだな」

水田は立ち上って、「ともかく、彼女のマンションの近くへ行く。何かあれば、すぐ駆け付けられるように」

「あなた、警察に任せたら？」

「分ってる。しかし約束は約束だ」

水田はユリへ、「夜の仕事までには戻って来るから、ここにいろ。いいね？」

「うん」

と、ユリは肯いて、「水田さん、気を付けてね」

水田は上着をつかんで玄関へと向った。

「大丈夫だよ」

アンナは、足を止めた。

近くのスーパーで買物をして外へ出たところで、安井の姿が目に入ったのである。

こんな所で、何をしてるんだろう?

アンナは、安井の目につかないように、遠くを回って、ベンチに座っている安井の斜め後ろに出た。

スーパーへ行く主婦たちが通る歩道のベンチの安井は、いかにも不似合だった。

大方、当てにしていた松木にも裏切られたのだろう。力なく腰をおろした安井の姿を見れば明らかだった。

すると——安井がケータイを取り出した。見ていると、アンナのケータイが鳴り出したのである。アンナはびっくりしたが、安井はまさかアンナが近くにいて見ているとは思ってもいないらしく、

「——はい、アンナです」

と出ると、

「俺だ。吉郎の奴、おとなしくしてるか?」

「実は——包帯が汚れていたのと、吉郎さんが傷が痛いとおっしゃったので、病院へお連

れしました」

「病院へ？　大丈夫か？」

「心配ないと思います。用心していました」

「すまんな、迷惑かけて」

クラブでは聞いたことのない言葉である。

「そちらはどうなりました？」

と、アンナは訊いた。

「うん、松木の奴がすぐにでもやって来そうだったが、止めたんだ。松木まで捕まっちゃ困るからな。暗くなるまで待てと言ってやった」

「そうですか。良かったですね」

「ああ」

「戻って来られるんですね」

「そう……だな」

まさかアンナに見られているとは思いもせず、「──うん。少し用をすませてから帰る」

「分りました。お気を付けて」

「うん。──アンナ」

「何でしょう？」

「いや……。後で必ず礼はするからな」

「やめて下さい。私は安井さんのお役に立てればいいんですから」

「うん……」

「安井さん。——今日が何の日か、憶えてます?」

「今日?　さあ、何だったかな」

「私、誕生日なんです」

「そうか。じゃ、何かプレゼントを買わないとな」

「安井さんが私を頼って来て下さったのが、何よりのプレゼントです」

アンナは、我ながらよく出まかせが言えるものだと思った。

「嬉しいことを言ってくれるな」

「じゃあ……。私も今買物に出てますけど、これからマンションに戻ります」

「俺も戻る」

「三十分くらいですか?」

「そう……だな」

「じゃ、何か食べる物を用意しておきますわ」

「ああ。ありがとう」

——安井が、こんなに何度も礼を言ったのは、人生で初めてだろう。

アンナは急ぎ足でマンションへと戻った。

あの口調では、松木にも見捨てられたのだろう。

そう。——これこそチャンスだわ。

アンナはマンションの予備の鍵を、安井に渡してあった。安井は自分でロックを開けて入って来るだろう……。

「——遅いじゃないか」

マンションの居間で、吉郎がふてくされていた。

「すみません。食べる物を買ってて。——お腹、空いてます?」

「今はいいよ」

アンナが冷蔵庫を開けて、買って来たものを入れていると、吉郎が背後からアンナを抱いて来た。

「危いですよ……。ちょっと待って」

「なあ、お前だって、親父より俺の方がいいだろ?」

吉郎がアンナの胸をつかんだ。

「お父様が……」

「まだ戻って来ないさ」

「それでも……。こんな所じゃ……。ベッドに行きましょう」

「うん」

台所を出ると、アンナは自分から吉郎の方へ向き直って、抱きしめ、唇を押し付けて行った。

「俺をじらせやがって……」

吉郎がアンナの服を乱暴にはぎ取って行く。

これでいい。——計算通りだ。

アンナは脱いだものを居間の床へ散らばらせたまま、吉郎と寝室へと入って行った。

他の状況なら、吐き気がするほどいやなはずの吉郎のような男にも「芝居の一幕」だと思えば、抱かれて平気だった。

夢中でしがみつくふりさえ、やってのけた。

吉郎は、やっと思いを果たして、勝ち誇っていた。

アンナは冷静に、耳を澄ませていた。——安井が今にも戻って来るだろう。

安井は、マンションのロビーへ入ると、インタホンのボタンでアンナの部屋を呼ぼうとして、

「ああ、そうか」

鍵をもらってたんだな。——ポケットを探ったが、

「どこだ？」

やっと見付けて、オートロックの扉を開けると、エレベーターに乗った。

ああ……。やれやれだ。

安井は、これほど誰からも背を向けられるとは思っていなかった。もちろん、いざとなれ

ば我が身が可愛い。

自分だって、逆の立場なら……。いや、そんなことはない！

俺なら、何としても警察の目をごまかして、助けるだろう。そうだとも！

俺たちのような商売は、義理の世界だ。恩を仇で返すような真似はしない。

——五階でエレベーターを降りる。

「どうも」

隣室の女とすれ違った。

あの女……。いやな目で俺を見ていやがった！

きっと、安井親子のことを察しているだろう。一一〇番すれば、自分も厄介ごとに巻き込まれるから黙っているが……。

もしかすると、

「通報すれば、何か少々の違反は見逃してくれるかも」

と、考えを変えたかもしれない。

振り向くと、女がエレベーターの扉を閉めるところだった。

どうしよう？

一瞬の迷い。エレベーターは一階へと下りて行く。

「畜生！」

安井は焦った。

階段だ。――急げば間に合う。

安井は階段へと走った。必死で駆け下りる。だが――階段を駆け下りるという不安定な格好で、上着の下から拳銃を抜こうとしたのが間違いだった。

拳銃が引っかかって抜けない。足下が乱れた。

アッと声を上げる間もなく、安井は階段を転げ落ちていた。

ほんの数段で踊り場だったのが幸運で、したたか腰を打っただけで済んだが、それでもすぐには動けなかった。

「――ツイてねえ」

やっと立ち上って、安井は足を引きずりながら、エレベーターでまた五階へ上ることになった。

拳銃を手にしたままだった。エレベーターに乗り合せる者がいなかったのが幸運だった（どっちにとっても）。

〈503〉のドアの前に立ち、鍵を開けている間も、打った腰は痛くて、顔をしかめっ放しだった。

「ああ……。畜生」

玄関を上ると、安井は、「アンナ……。いるか」

と、力ない声で言いながら、居間へ。

うん？　何だ、これ？

安井は居間の床に散らばった女の服と下着を見て目を見開いた。

こんな所で……。服を脱いだのか？

頭が、腰の痛みでボーッとして、事情が分らずにいると——。

突然、アンナが飛び出して来た。

そして安井を見てハッと足を止める。

「どうしたんだ」

と、安井はポカンとして、「裸で……」

アンナは全裸で、震えていた。

「おい、アンナ——」

アンナが駆け寄って、安井にすがりつく。

「許して！　どうしても——逆らえなかったの！」

と、泣きながら、安井に抱きついた。

「おい……」

「吉郎さんが、力ずくで……」

「吉郎が？」

やっと、安井にも事情が呑み込めた。

「いやだって言ったんだけど……。相手は吉郎さんだし、逆らうとどうなるか……」

「あいつ！　——寝室か」

「ベッドの中よ……」

安井はアンナを押しやると、寝室へ入って行った。

吉郎はアンナを抱いた疲れで、ウトウトしていたが、父親の姿を見て、さすがに目を覚ました。

「父さん……。早かったんだね」

「早く帰って来過ぎたか」

安井は、冷ややかに息子を眺めた。「何てことしやがる！　アンナは恩人だぞ！」

「だって……。アンナの方から誘って来やがったんだ」

吉郎は、裸のままでベッドに起き上ると、「父さんにゃ悪いと思ったけどさ、俺も大分たまってたし……」

と、肩をすくめて笑った。

「吉郎……。何て情ない奴だ」

吉郎は、父親がダラリと下げた手に拳銃を持っているのに気付いて、

「父さん……。誰か撃ったのかい？」

と訊いた。

「これからだ」

銃口が吉郎を向く。

「父さん……。冗談だろ！」

と、引きつった笑いで、「たかがアンナ一人で？　女なんて、いくらもいるじゃないか」

「アンナは俺の女だ」

と、安井は言った。「俺のものに手を出しやがって！」

「父さん……。やめてよ」

吉郎はやっと青ざめた。「勘弁して！　俺、ただアンナに連れ込まれてさ、ベッドに」

「誰も彼も、俺を裏切りやがる！」

安井は、もはや正常な思考ができなくなっていた。「恩を忘れて……。お前もだ！」

「やめて！　撃たないで！」

と、吉郎は裸で床に膝をつくと、「父さん、頼むよ。可愛い息子を撃つってのかい？」

吉郎はへへ、と笑って、

「脅かしっこなしだぜ。俺を撃ったら、ここから逃げられねえだろ。――父さん、ちっとは頭を冷やしてくれよ」

「ああ、充分冷やしてる」

と言って、安井は引金を引いた。

銃声が部屋の空気を震わせた。

銃弾は、吉郎の太腿（ふともも）を撃ち抜いた。次の瞬間、吉郎が凄まじい悲鳴を上げて転げ回った。

血が溢れるように噴き出す。

アンナは裸のまま、寝室の入口に立って、それを眺めていた。――やってしまった。

それはアンナが望んだことだったが、しかし現実に目の前にすると、激しい嫌悪感がこみ上げて来た。

「アンナ」

安井は空ろな目でアンナを見た。「奴には償いをさせた」

「安井さん……」

「奴は放っとけば死ぬ」

「救急車を……呼びますか」

「もういい」

と、首を振って、「俺は息子を殺した。お前のような恩のある人間にひどいことをしたからだ。しかし……吉郎は俺の息子だ」

銃口がアンナの方へ向けられる。

「安井さん……」

「父親として、俺は奴だけを殺すわけにゃいかない」

「やめて！」

「もう俺は疲れた。——みんなで死のう」

アンナが身を震わせた。悲鳴ではない。怒りだった。

「ふざけないでよ！」

と、叫ぶ。「誰があんたなんかと！」

「私があんたに感謝してる？　おめでたい人ね！　私がどんなにあんたを恨んでたか、知ってる？」

「アンナ……」

「まんまと引っかかって。情ない奴ね。あんたの息子は私が誘惑したのよ」

「アンナ――」

「お前――」

「親子で仲良く死になさい！　私はごめんだわ！」

アンナは玄関へと駆け出した。

発射された弾丸は壁の時計を砕いた。

「待て！」

安井はアンナの後を追ったが、体が言うことを聞かない。「アンナ！」

玄関へ向おうとして、居間のカーペットにつまずいて倒れた。

裸で表の廊下へ飛び出したアンナは目の前の水田にぶつかった。

「大丈夫か！」

「水田さん！　安井が――」

「ここにいろ」

「危いわ！　銃を持ってる！」

水田が玄関のドアを開けて、中へ入った。

——しばらく、沈黙があった。

やがてドアが開くと、

「もう大丈夫だ」

と、水田が言った。

「血が——」

「吉郎の出血を止めようとした。しかし……。急な出血で、心臓がもたなかった」

「安井は？」

「居間で死んでる」

「——死んだ？」

「転んだ拍子に、銃が暴発したらしい。胸を自分で撃ち抜いた」

アンナは呆然と立ちすくんでいた。

「さあ、入って、服を着なさい」

水田に言われて、アンナはやっと自分が裸のままだったことを思い出した。

20 償い

果梨はすぐに電話に出た。

「もしもし、あなた」

「なかなか連絡できなくてすまん」

と、水田は言った。

「心配してたのよ！　ケータイにかけても出ないし」

「そう怒るな。大変だったんだ」

と、水田はなだめるように言った。「ユリは？」

「ええ、ここにいるわ。夜、お仕事があるんでしょ？　どうしたらいい？」

「そうだな……。まだ帰れそうもない。君、ユリについて行ってくれるか」

「私が？　いいけど……。あなたは？」

「今、警察が来ていて、事情を訊かれてる。大分時間がかかるだろう」

果梨は青くなって、

「何かあったの？　どうしたの？」

「落ちついて聞け。安井親子は死んだ」

果梨は耳を疑った。

「——死んだ？　二人とも？」

果梨の言葉に、ユリとマオの二人が駆け寄って来た。

「うん。安井徹も吉郎も死んだ。アンナのマンションでな。——もう危険はないとユリたちに言ってくれ」

果梨がユリとマオに水田の話を伝えると、

「嘘みたい」

と、ユリは呟き、マオはその場に座り込んでしまった。

「詳しいことは、帰ってから話す」

と、水田が言った。「TVのニュースでも流れるだろうが」

「ともかく、あなたは無事なのね？」

と、果梨は念を押した。

「大丈夫だ。心配するな。じゃ、ユリのことを頼む」

「ええ、分ったわ」

「お義父さんにはこれから連絡する」

「帰るときは電話して」

「ああ。夜中になるかもしれないな。——何か晩飯を作っといてくれ」

「ええ、いいわ」

果梨はやっと微笑んだ。

「もう大丈夫なんだ……」

と、マオが呟くように言った。

「ええ。もう大丈夫よ」

と、果梨がマオの肩を叩く。

マオがうずくまって泣き出した。

「マオさん……」

ユリが心配して声をかけたが、果梨は首を振って、

「そっとしておいてあげなさい」

と言った。「気が緩んだのよ」

「ええ……」

「それより、お仕事、休むわけにいかないわ。仕度して」

「はい」

ユリは急いで手持ちの衣裳に着替えた。

果梨も外出用のスタイルになると、

「じゃ、出かけましょ」

と言った。「マオちゃん、帰って来るまではここにいて」

マオが涙を拭って立ち上ると、

「私も一緒に!」

「え? でも、ユリちゃんは仕事よ」

「一人になりたくない! お願い、連れてって!」

急に、「もう大丈夫だから」と言われても、恐怖は完全には消えないのだろう。

「分ったわ。じゃ、コートをはおって」

「ええ!」

マオは嬉しそうに言った。


「とても、こんな所、住めないわ」

と、アンナが言った。「血の匂いは消えないでしょうね」

安井親子の死体が運び出されて、後にはカーペットがたっぷりと吸い込んだ血の跡が残った。しかも二人分だ。

「——水田さん」

と、アンナは言った。「私、間違っていました」

「アンナさん……」

「本当なら——安井が死んで、胸がスッとしてもいいのに、少しもそういう気持になりません」

　息苦しい表情で、「たとえ仕返しのためでも、どうして吉郎なんかに身を任せることができたのか、自分でも呆れていますわ」

「あなたは辛い思いをされて来たんです。目の前のことに夢中になっても仕方ありませんよ」

　と、水田は言った。

「ありがとう、水田さん。――少し気が楽になりました……」

　アンナは息をついて、「警察で、お話ししなくてはいけませんね」

「私も一緒に行きます。事情を話せば分ってくれるでしょう」

　水田はアンナを力づけるように微笑んで見せた……。

　理由はともあれ、アンナが安井親子を家に置いていたのは事実だ。罪に問われるだろうが、いい弁護士が付けば、軽くて済むだろう。

　現場はまだ混乱していた。

　表には報道陣が集まり、TVカメラがマンションを見上げている。

「――ケータイが鳴ってる」

　と、水田が言うと、アンナはフッと我に返ったように、

「私のだわ。気が付かなかった」

　と、バッグの中からケータイを取り出した。

「お店からだわ。ニュースで見たんですね、きっと。クビ、かしら。——もしもし」

アンナは、向うの話に耳を傾けていたが、

「そうですね、今夜はちょっと。——はい、分りました……」

何だか当惑顔で切ると、水田の方へ、「今、クラブ〈J〉のオーナーからで……」

「何と言われました？」

「お店に、私を指名したいってお客さんの電話が何本もかかってる、って。早く出て来てくれって言われました」

「なるほど」

息子を射殺して自らも命を落とすという、派手な死に方をした安井が可愛がっていたアンナ。どんな女の子なのか、一目見たいという客がいてもおかしくない。

「でも、勝手だわ」

と、アンナは苦笑した。「私が安井に泣かされてるのを知ってて、見て見ぬふりをしてたくせに！　急に『お前はうちのナンバーワンだからな』ですって」

「商売ってのはそんなものかな」

と、水田は肯いて、「しかし、それを受け容れて今の仕事を続けて行くのも、そんなのはいやだと言って拒むのも、あなたの自由ですよ」

「そうですね。——ともかく一度はクラブの仕事に戻らないと。後のことはまた考えてみますわ。ただ、どこで寝泊りしようかって悩んじゃいます」

そのとき、あわただしく警察の人間が出入りしている玄関の方で、

「失礼します」

と、声がした。

水田は、その声に聞き憶えがあって、玄関へ出てみた。

「やあ、これは……」

「やはり松木さんでしたか。お声でそうじゃないかと」

「知らせてくれた者がいて」

と、松木は言った。「安井さん親子が死んだというのは本当ですか」

「松木さん……」

アンナが出て来た。

「やあ……。大変だったね」

と、松木は言った。「力になってあげられなくてすまん」

「いいえ。──上ります？」

「いいかな」

「見て下さい。あの人の死に場所を」

松木は上ると、居間と寝室を見て回り、

「──あの人はまともじゃなかった」

と言った。「むろん、あんな仕事をしてりゃ、元々まともじゃいられないが、息子のこと

で身を滅ぼしたんだ」

「安井は、松木さんだけは助けてくれる、って信じてるみたいでした」

アンナの言葉に、松木の表情は一瞬曇った。

「それは分っていたよ」

と、肯いて、「しかし、手助けすれば罪になる。妻や娘のことを考えると……」

「松木さん……」

「僕は恩知らずだな」

「それは違いますよ」

と、水田は言った。「友に罪を犯させてまで友情の証しを求めるのは間違いです。それは既に友でない証しです」

松木は水田を見て、

「――ありがとう」

と言った。「なかなかそう割り切れませんが」

「当然です。しかし、どちらかを選ばなければならなかったんです。安井よりご家族を選んだのは正しいですよ」

「そう……。そうでしょうね」

と、松木は肯いた。

「これからは――」

「安井さんがいなくなって、後を誰が継ぐか、混乱しています。――私は、この機会にこの世界から、足を洗おうかと思ってるんです」

「それはすばらしいことだ。ぜひそうなさい！」

と、水田は力強く言った。

「家内と相談してみます」

松木はアンナに、「何か力になれることがあったら言ってくれ」

「私は大丈夫。もうあんなお店に来なくていいわよ」

アンナがやっと笑顔を見せた。


「五代ユリちゃんです！」

司会者の声が響いて、ユリが明るいライトの下へ進み出た。拍手が起きる。

――スタジオの隅の暗がりで、果梨はモニターの画面を眺めていた。

ユリは輝いて見えた。もう「その他大勢」のタレントではない。司会者の口調にも、ユリを一人前の「スター」として扱っていることが感じられた。

「ユリちゃん、すてき」

と、一緒にモニターを見ていたマオが言った。「もう立派なスターだわ」

「そうね」

夫が初めて育てたスターなのだ。そう思うと、果梨は嬉しかった。

「いいじゃないか」

と、声がして、いつの間にか後ろに父が立っていた。

「いつ来たの？」

「今だ」

「あの人から――」

「連絡があった」

と、近江は肯いて、「マオも、これで安心だな」

「ありがとうございました」

「これからどうする？　もう芸能界はこりたか」

「さあ……。でも、ユリちゃんを見てると、私も負けてられないって思います」

「その気持が大切だ」

と、近江は肯いて言った。「そうだ。峰山君がしばらく休む」

「宏子さんが？　どこか具合でも？」

「子供を産むんだそうだ」

果梨は目を丸くして、

「あらまあ……」

と言っただけだった。

他にどう言っていいか分らなかったのである。

TVの画面で、ユリが明るく笑っていた。

ユリの出る番組の収録が、そろそろ終ろうというとき、

「社長」

と、声がして、近江と果梨が振り向くと、峰山宏子が立っていた。

「何だ、どうした?」

「宏子さん、おめでとう」

と、果梨が言った。「父から聞いたわ。おめでたですってね」

「ありがとうございます」

宏子は少し頬を染めて言ったが、「社長、それどころでは……。廊下へ」

「分った」

宏子の様子がただごとではなかったので、果梨も気になって、近江についてスタジオを出た。

「――奥様から連絡が」

と、宏子が言った。「声が震えておいででした」

「亜沙子が? どうしたっていうんだ?」

「西条さんが、どうやら奥様に頼まれてお金を……」

「一億をか? 亜沙子がどうして?」

「〈OMプロ〉の経営に参加されたくて、お金を作ってくれと西条さんに頼んだようです」

「それで――」

「西条さん、しくじって、プロのお金に手をつけた、ということのようです」

「呆れた奴だ！」

と、近江はため息をついて、「それで、どうしたっていうんだ？」

「西条さんから奥様へ脅迫電話があったそうです」

と、宏子は言った。「奥様の弟さんを人質に取っている。金を用意しろ、と」

「あの……何といったかな」

「金原広一さんです」

「ああ、役者志望の奴だったたな」

「西条さん、たまたまプロの近くで出会ったらしく――。お金をせしめて姿をくらますつもりのようです」

「馬鹿め！　亜沙子はそれで困って電話して来たのか」

「正確にはそうではないんです」

「どういうことだ？」

「私もびっくりしたんですが――。このままだと、弟が西条さんを殺してしまう、と。それを何とかして止めてくれとのことで……」

「何だと？」

近江は愕然として、「それはどういうことだ？」

「私にもよく分りませんが……。ともかく、奥様はかなり取り乱しておられて」

話を聞いていた果梨は、

「お父さん」

と言った。「あの人を呼んで。それが一番早いわ、きっと」

「水田か。――そうだな」

と、近江も肯いて、「で、どこにいるんだ、お前の亭主は?」

「あのマンションですか」

と、水田はハンドルを切って言った。

「ええ……」

亜沙子が力なく肯く。

「お前、いつの間にこんなマンションを買ったんだ?」

と、近江が呆れた様子で言った。

「買ったんじゃないわ。借りてるの。賃貸だもの」

「毎月、家賃を払ってか。――全く!」

「ともかく、差し当りは西条さんのことです」

水田が車をマンションの正面に着ける。

「たぶん……ここにいるんだと思うわ」

と、亜沙子は言った。

——水田を警察から呼び戻し、まず亜沙子と話をさせた。その結果、

「今、西条さんのいる所、心当りはありませんか？」

と訊かれて、

「もしかしたら……」

と、亜沙子の思い付いたのが、亜沙子と西条が内密な商談に使うために借りたこのマンションだった、というわけである。

果梨はユリについていなくてはならないので、TV局に残して、水田と近江、亜沙子の三人でやって来たのだ。

「西条も鍵を持ってるの」

と、亜沙子はロビーへ入ると、急いでオートロックを開けた。

「全く、何を考えとるんだ……」

と、近江はブツブツ言い続けていた。

エレベーターで五階へ上ると、亜沙子は真先に廊下を駆けて行った。

「——どういうことなんだ？」

と、近江は首をかしげている。

「さあ……。ともかく、奥さんがあれほど焦っておられるんですから、ただごとではないんでしょう」

と、水田も急いで亜沙子を追う。

亜沙子が鍵を開け、ドアを開けると、

「西条さん！──広一！」

と呼ぶ。「いるの？」

返事がない。水田も入って来て、

「用心して下さい」

と言った。「僕が先に入ります」

そのとき、亜沙子が、

「キャッ！」

と、悲鳴を上げた。

居間のドアが開いて、フラッと現われたのは、西条だった。

水田が駆け寄ると、西条はすがりつくようにして、

「西条さん！」

「助けて……くれ」

と言った。

「西条さん、一体──」

水田は、西条の体を抱き止めて、その背中を見て息を呑んだ。ワイシャツが真直ぐ、切られていて、血に染っている。

「——広一！」

と、亜沙子が叫ぶように言った。

金原広一が、西条の後から出て来た。

右手が包丁をつかんでいる。返り血が、シャツに飛び散っていた。

「姉さん……」

金原は、いつもの通り、穏やかな笑顔を見せて、「早かったね。もう少し遅く来れば、僕、こいつを片付けてあげたのに」

「広一……。それを姉さんにちょうだい」

「包丁？　うん、これで何か作ってくれるの？」

「ええ、いいわよ。何でも、あなたの好きなものをこしらえてあげる」

「じゃあ、チャーハンがいいな。姉さんが昔よく作ってくれた。あれ、本当に旨かったよ！」

「喜んで食べてくれたわね。——作ってあげるわ。その包丁を姉さんに渡して」

「うん……。でも……」

と、金原はちょっと眉をひそめて、「こいつ、とんでもないことを言ったんだ」

「とんでもないこと？」

「姉さんが赤ちゃんを産むって。——しかもこいつの子だって言うんだ」

「広一——」

「そんな馬鹿なこと、ないよね。姉さんは僕だけのもんだ。そうだろ？」

「ええ、そうよ。知ってるでしょ」

亜沙子はゆっくりと金原へ近付くと、手をさしのべて、包丁を取った。「広一……。私はあんただけのものよ……」

「うん。分ってる。こいつがでたらめを言うから腹が立ってね。しかも、姉さんに金をよこせなんて言って。許せなかったんだ」

西条は床に座り込んでしまっていた。

「傷はそう深くない。大丈夫ですよ」

水田はそう言うと、「社長、救急車を呼んでいただけますか」

「うん……」

近江は半ば呆然としていたが、「水田君、君が呼んでくれ。西条は俺が見ている。俺にはどう説明していいか分らん」

「分りました。ではお願いします」

水田は、部屋の電話で一一九番へ通報し、救急車をすぐ出してもらうよう頼んだ。

「──すぐに来るでしょう」

と、水田は言った。「亜沙子さん、警察も来ます。いいですね」

「ええ……。承知しています」

「包丁は僕が」

と、水田が言うと、

「お願い」

亜沙子は血のついた包丁を水田へ渡した。

「——亜沙子、本当か」

と、近江が言った。「妊娠しているのか」

「ええ」

「それは……」

「あなたの子じゃないわ」

と、亜沙子は言った。「広一か、西条さんか……。私にも分らない」

「お前……」

「広一は父の連れ子で、血はつながっていないの。でも、だからって、こんなことがあっていいわけじゃないけど」

「当り前だ！　しかも西条と？」

「お金を作ってもらうのに、無理を頼んだわ。礼をするといっても、私の自由になるものはこの体以外には……」

それを聞いて、近江はカッとなったのだろう。平手で亜沙子の顔を打った。

「いけません！」

水田は急いで言った。

金原の顔が紅潮した。

「姉さんを殴ったな!」

と叫ぶと、金原は近江へ飛びかかった。

「やめて!」

亜沙子の叫びも届いていない。

金原が近江を押し倒して、首を絞めた。

「広一! よして! 手を離して!」

と、亜沙子が金原を止めようとしたが、金原は全く聞こえていない様子だった。

ガン、という音がして、金原の頭を一撃した花びんが砕けた。破片が飛び散る。

金原は、近江の上にぐったりとのしかかった。近江はあわてて押しのけると、

「人殺しめ! 何て奴だ!」

と、首をさすった。

「広一……」

「大丈夫です。気を失っただけで」

水田は汗を拭った。

水田は、花びんの破片を片付けると、

「真面目な青年に見えましたけどね」

と、気を失っている広一を見下ろして言った。

亜沙子は水田を見て、

「弟は真面目なんです。本当です。ただ——一旦自制がきかなくなると、人を傷つけたりするのも平気で……。いい子なんです」

と言うと涙を拭った。

——確かにそうだ。水田は肯いた。

役者になるのに、コネを利用するのを潔しとしないのも、TV局の食堂でせっせと働いているのも、間違いなく広一なのだ。

その一方で、抑え切れない怒りの発作を起す。

「病気なんですよ、きっと」

と、水田は言った。「警察にもよく説明してあげて下さい」

「ありがとう……」

と、亜沙子は水田に頭を下げた。

「社長」

と、水田は言った。「広一君に弁護士を頼んであげて下さい」

近江は渋い顔をしていたが、

「まあ……お前がそういうなら……」

「果梨もきっとそう言いますよ」

と、水田は肯いて言った。

背中を切られた西条が床で唸っている。

やがてパトカーと救急車のサイレンが聞こえてくると、水田はホッと息をついた。

「入口に行ってましょう」

と、水田が行きかけると、

「俺が行く！」

と、近江があわてて言った。

この場に残されたくないのだろう。近江が逃げるように出て行くのを見送って、水田はふと亜沙子と目が合った。

「結構気が小さいのね、あの人」

と、亜沙子が微笑んで言った……。

21 恨みの日

明るい日射しの下、洒落た遊歩道を二人の少女が手をつないでやって来る。

日は当っていても、風は北風で冷たいのだが、設定が「五月」となっているので、寒そうな顔をするわけにはいかないのである。

「――はい、OK！」

と、ディレクターが声をかけた。

「よし、じゃ、ここでお昼にしようか」

ユリは、上にジャンパーをはおると、

「マオちゃん、さっきの喫茶店でお昼、食べない？」

「うん、いいね」

マオが肯く。

水田が小走りにやって来た。

「水田さん、一緒にお昼――」

「うん、そのつもりで呼びに来たんだ」

と、水田は言った。「さっきの喫茶店でどうだ？」

それを聞いて、マオとユリが一緒に笑い出した。水田はふしぎそうに二人を眺めていた……。


――ユリはドラマの収録にもずいぶん慣れて来た。

こういう作業にも「勢い」とでも呼ぶべきものがあって、幸い第一回、第二回の視聴率が良かったことで、それまでほとんどセリフを憶えて来なかった面々が、真面目に取り組むようになって来た。

そうなると、収録も順調に進んでいくのである。

マオは事務所を移り、ユリのいる〈OMプロ〉へやって来た。二人はすっかり仲良しである。

「お腹空いた！」

二人は、山盛りのサンドイッチを勢いよく食べ始めた。

「――若いわね」

と、声がした。

「あ――。果梨さん」

ユリが振り返って、「いいんですか、出歩いても？」

「ええ、もう安定期に入ったの」

果梨はお腹に手を当てた。

「何だ、今来たのか」

水田がケータイを手にやって来る。外で近江と連絡を取っていたのだ。

「どんな具合か見たくなって」

果梨は微笑んで、「いいわね。ユリちゃんもマオちゃんも、本当にいい表情をしてる」

「マネージャーがいいからな」

と、水田が言うと、ユリとマオは、

「自分で言ってる！」

と、大笑いした。

「私もいただこう。もう一皿、頼んで」

と、果梨はテーブルに加わった。

「果梨さん、つわりは?」

「もう治まったわ。今は凄く食欲があるの」

「あんまり太るなと医者に言われてるだろ?」

「今朝はほとんど食べてないから、大丈夫。ハムサンドとホットミルク!」

と、注文しながら、ユリたちのサンドイッチをつまんでいる。

「そういえば」

と、マオが言った。「ゆうべ、宮田さんから電話があった」

「元のマネージャーの?」

「そう。『久しぶりだね』とか、猫なで声を出すから、腹が立って、黙って切っちゃった。私のこと、見捨てて逃げたくせして!」

と、マオは言って、ミルクティーを一気に飲み干した。「――ね、果梨さん、男の子? 女の子?」

「さあ……。訊けば教えてくれるらしいけど、産まれて来るまで分らずにいた方が楽しいって、この人が言うから」

と、果梨は水田を見て言った。

「俺の世代だと、分らない方が当り前だったからね」

水田は妻をやさしい目で眺めて、「どっちだって同じさ。可愛くてたまらないだろう」

果梨が素早く水田の頰にキスした。

――いいなあ。

ユリの胸はまだ少し痛む。

今は仕事に夢中だが、この先も水田への想いは変らないだろう。もちろん、果梨のことも大好きで、二人が幸せになってくれるのは嬉しいが、その一方で水田への恋心も消せずにいた。

いや、恋は思い通りに点けたり消したりすることはできないのだ。ただ――水田と果梨に決して気付かれてはならない。

今、目の前のドラマの収録に打ち込んでいるのは、水田への想いを忘れるためでもあった。

もちろん、忘れることなどできないのだが……。

「今日は病院に行く日なの」

と、果梨は言った。「でも予約三時だから、少しロケを見物して行っていい？」

「寒いぞ、外は」

「大丈夫よ。今は風もおさまって、日が当ってる」

「少しでも風が出て来たら、見物はやめるんだぞ」

水田が真剣そのものの口調で言った……。

「やあ、果梨さん」

ディレクターの河北が笑顔で手を振った。

「どうも」

「この前会ったのは、大学生ぐらいだったかな?」

都心の広い通りで、収録の用意が進んでいた。

歩道を今度はユリが一人で歩いている。そこにエキストラの通行人の女性が絡んで立ち話をする。

「――そうだ。果梨さん、ユリちゃんと絡む通行人で出ないか?」

「え? 私が?」

「話の中身は何でもいいんだ。二言三言、会話してから、そのまま向うへ歩いて行ってくれれば」

「あら……。でも、困ったわ」

と、果梨が真顔で、「私のせいで、ユリちゃんが目立たなくなっちゃったら気の毒」

――大体の位置を決めて、ユリと果梨が歩道を反対側からやって来る。

二度ほどテストして、

「OK。じゃ、本番だ!」

と、河北が言った。「カメラ!」

合図で、果梨が歩き出す。ずっと向うからユリが歩いて来る。――水田は、ずっと「若い」と思って来た果梨の後ろ姿に、円熟した「女性」を感じた。

今さら、と言われそうだが、事実だ。

新しい命を体の中に抱えて、果梨は逞しく「母親」へ脱皮しようとしている……。

背後で、キーッとタイヤのきしむ音がした。

「おい、危いぞ！」

と、河北が怒鳴った。「車は停めろと言ったろう！」

スタッフをよけて、その白い車はスピードを上げて行った。果梨はこっちへ背を向けているので、気付かない。

「あの車は──」

水田は、その車の加速の仕方に、普通でないものを感じた。本番の時は、車も一旦停めるのが当然だ。

水田は目をこらした。車の運転席で一瞬振り返ったのは──前の妻、綾乃だった！

「いかん！　果梨！　危い！」

水田は駆け出した。

しかし、果梨まではあまりに距離があった。車はスピードを上げると──強引に歩道へ乗り上げたのだ。果梨へ向って行く。

「後ろだ！　果梨！」

水田は絶望的な叫び声を上げた。

向い側から歩いて来たユリは、その車に気付いていた。

ただ、スピードはよく分らないので、

「何だろう？」

と思っていた。

その車が、歩道の端にある花壇を踏み潰して乗り上げてくるのを見て、ユリは息を呑んだ。

車は果梨の背中へと真直ぐに突っ込んで来る。――車にひかれる！

ユリは走り出した。もう果梨まで七、八メートルだった。

こんな勢いで走ったことはない。一秒、二秒――。

「危い！」

果梨が、やっと夫の声を聞いて振り向いた。車はもう目の前にあった。

ユリは思い切り果梨を突き飛ばした。

半ば体を捩っていた果梨は、ユリの体当り同然の力を受けて斜めに倒れた。

その勢いで、倒れたまま転る。

ユリは車が真直ぐ自分に向って来るのを見て、「どうなってるの？」と思った。

そう思った瞬間、ユリの体は車にはねられ、宙に舞った。

水田の目には、一瞬、果梨がはねられたように見えた。

「果梨！」

夢中で駆けた。車は歩道の端のビルとの境の柵にぶつかってガラスが粉々に散った。そしてハンドルを切っていたのか、車道へと飛び出して行った。対向車線まで停らずに突っ走り、やって来た大型バスの横腹へと激突した。

「――果梨！」

歩道に倒れている果梨へ駆け寄る。

「あなた――」

「しっかりしろ！」

水田が抱き起すと、

「大丈夫。私は大丈夫」

と、果梨は何度も肯いた。「ユリちゃんを早く！ ユリちゃんを！」

そのとき、初めて水田は車がはね飛ばしたのがユリだったことに気付いた。

ユリ？ どこだ？

見回して、当惑した。ユリの姿は見えない。

駆けつけて来る足音。

スタッフへ、

「救急車を！」

と、ひと声かけて、水田は立ち上ると、走り出した。

「ユリ！」

ビルの前の植込みに、ユリは頭から突っ込んでいた。

「おい！　手を貸してくれ！」

水田は叫んだ。

駆けつけて来たマオが、声を上げて泣き出した……。


あわただしく駆け回っている看護師と医師たち。

水田は、こんな光景を何度も見たという気がした。

もう沢山だ……。

人が死に、傷ついた。

今も、重傷を負って、必死で生きようとしている人々がいる……。

果梨を車でひき殺そうとした綾乃は、ユリをはねて、車ごと大型バスに突っ込んだ。

綾乃は即死だった。バスに乗っていた乗客七人がけがをして救急車でここへ運ばれたのだ。

命にかかわるほどのけがをした乗客はいなかったが、水田としては前の妻が起した事故であり、しかも原因は水田の再婚にあるのだから、どう詫びていいか分らない。

そして……ユリ。

スピードを出していた車にはね飛ばされ、植込みへ頭から突っ込んだユリ。

水田はユリの体を植込みから抱き起したとき、全身が凍りつくような思いだった。顔が細い枝で傷だらけになって、血で顔が真赤だった。むろん、骨折もあるだろう。

「内臓をやられていないといいですが……」

と、医師は厳しい表情で言った。

もう一つ、果梨の身も心配だった。ユリのおかげで助かったが、地面にかなりの勢いで倒れている。お腹の子供は無事か。

果梨はタクシーに乗せて、かかりつけの病院へ向かわせた。水田はユリについて来ないわけにいかなかった。

水田は、近江へ連絡して事情を説明した。当然、ニュースになるから、マスコミへの対応も必要だ。

もう一つ、ユリのマネージャーとしては、今進めているTVドラマの収録に、もうユリが参加できないのは明らかなので、その始末もある。

幸い、居合せたディレクターの河北が、

「ドラマの方は何とかする。心配するな」

と言ってくれていた。

ケータイが鳴った。病院の中だが、今は緊急の連絡がいつ入るか分らない。

水田は急いで階段の所まで行ってから出た。

「あなた？　ユリちゃんは？」

と、果梨の声がした。

「今、手術室だ」

「そう。私の方は大丈夫だった」

「そうか……」

水田は一瞬めまいがした。「良かった。――良かったな」

涙がこみ上げて来る。

「うん。ユリちゃんのおかげよ」

「ああ、そうだ」

「そっちの病院へ行く？」

「いや、お前は帰れ。マンションで横になっててくれ」

「でも――」

「頼む。状況は知らせるから」

「分ったわ」

と、果梨は言った……。

ともかく、一つ大きな不安は消えた。

しかし、もちろんユリの命という大問題を抱えているのだ……。

ユリの家にも連絡しなくては。――近江が、それは引き受けてくれた。

ユリの家は四国である。両親が駆けつけて来るにしても、時間がかかるだろう。

マオがやって来て、水田を見ると走り寄って来た。

「ユリちゃんは？」

「まだ分らない」

マオは水田の胸に顔を埋めた。

「心配かけてすまないね……」

と、水田はやさしくマオの背中を叩いた。

「ごめんなさい……。泣いたりして」

マオは涙を拭って、「水田さんの方がずっと辛いわよね」

「僕の責任だからね、元はといえば」

「そんな……。ね、果梨さんは大丈夫？」

「うん、さっき連絡して来た」

「良かった……。ユリちゃんが何とか……」

マオは長椅子にかけると、「どうして、こんなことが起るのか、分らない」

と言った。

「マオちゃん……」

「私を襲おうとした安井吉郎も、水田さんも、同じ『男』よね。ユリちゃんと、あの車の女の人も、同じ『女』。──どうしてこんなに違うの？ それが恋のせいなら、私、恋をするのが怖い」

水田はマオの隣にかけて肩を抱いた。

「君にもいつか分るよ」

「そうかしら……」

「恋は人をおかしくすることもある。しかし、人を思いやる心があれば、恋はすばらしいものさ」

「水田さんが言うんだから、本当ね」

「それはどういう意味だい？」

二人は顔を見合せて微笑んだ。

「マオちゃん、君は帰って休んだ方がいい。明日は早くにＴＶの仕事があるだろ。プロなんだから、休んじゃいけない」

「でも、もう少し……」

マオが水田の手を固く握って言った。

水田もそれ以上はだめと言えなかった。

——三十分ほどして呼ばれた。

「どうも」

医師は玉のような汗を浮かべている。

「ユリは……」

「幸い、内臓は大丈夫でした」

「——そうですか」

「骨折が何か所かありますが、植込みに突っ込んだので、それがクッションになって、衝撃をやわらげたんでしょう。そうひどくはありません」

水田は大きく安堵の息をついたが……。

「ただ――」

と、医師は眉を寄せて、「運悪く、植込みの細い枝の一つが、左の眼を直撃しています」

「眼を？」

「今、眼科医が見ていますが、左目はおそらく見えなくなるでしょう」

マオが細い悲鳴を上げた。水田は血の気のひくのを覚えながら、

「他に何か……」

「後は時間がかかりますが回復しますよ。ともかく若いですから」

医師は水田に肯いて見せると、「では……」

「ありがとうございました」

水田は深々と頭を下げた。

エピローグ——記念日

水田はTV局の廊下を行きつ戻りつしていた。もう三十分以上である。

手にはケータイを握りしめていて、汗で滑り落ちそうだった。

今、マオはバラエティ番組の収録中だ。本当なら中に入っていなくてはいけないのだが……。

ケータイがマナーモードで震えた。

「もしもし!」

即座に出ると、水田の顔がパッと赤く染った。「——分りました! すぐ行きます!」

マオには予め話してある。水田はTV局の玄関へと駆け出した。

「——無事産まれましたよ。元気な女の子です」

病院からの連絡が、頭の中で何度も聞こえていた。

タクシーで病院へ向っている間も、水田は何度もくり返しかみしめていた。

「赤ちゃんもお母さんも、どちらも無事ですから」

確かにそう言われた。聞き間違いじゃない。

水田の中には、ずっとかすかな不安が残っていた。あの事件のとき、果梨のお腹の子には本当に何の影響もなかったのだろうか？

ずっと「大丈夫です」と言われていたが、それでも百パーセント安心できなかった。

しかし、もう大丈夫。産まれたのだ。

水田はそう考えると、一人の赤ちゃんが産まれて来るというのが、どんなに奇跡と呼ぶほどのことなのか、つくづく感じていた。

そして、もう一つ。水田には気がかりなことがあった。

タクシーから、明るい日射しの中の町を見る。若い娘たちがにぎやかに笑いながら歩いている。

「――ユリ」

五代ユリはどうしているのだろう？

――あの後、ユリはひと月ほどあの病院にいて、水田もしばしば見舞いに行ったが、ユリの母親から、

「本人が、お会いしたくないと言ってますんで」

と、面会を断られていた。

水田はマオのマネージャーとして、忙しく働いた。近江に辞表も出したが、

「果梨と産まれてくる子を路頭に迷わす気か？」

と言われると、引込めざるを得なかった。

そしてある日……。

病院へ行ってみると、ユリの姿はなかった。二日前に退院していたのだ。治療費や入院費は〈ＯＭプロ〉が持っていたのだが、最後の支払いは、両親がしていったという。

ユリは、両親と共に故郷へ帰っていた。連絡も取れず、水田は一度そこを訪ねて行ったが、空家になっていた……。

ユリは結局左目を失明、他の傷は少しずつ治っていたらしい。

もちろん、あの事件はマスコミをにぎわせたし、水田と綾乃の関係も報道されたが、綾乃が死んでいることもあり、少しすると潮が引くように忘れられて行った。

今にして思えば、水田も綾乃に対して、何かしてやれることがあったかもしれない。しかし、悔んでも遅過ぎる……。

「果梨」

病院へ入ると、果梨がベッドから手を振った。隣の小さなベッドに、「生命」が寝ていた。

「お疲れさん」

水田は果梨の手を握った。果梨もさすがに疲れているようだった。

「女の子よ。名前、どうする？」

と、果梨は言った。

「ゆっくり考えよう」

水田は笑って言うと、くしゃくしゃの顔で眠っている赤ちゃんを覗き込んで、「小さいな、本当に」

「でも、この子がいずれ私やあなたより大きくなるのよ、きっと」

「そうだな。——当分元気でいなきゃ」

「当り前よ」

と、果梨は言って、「——あなた、プレゼントは？」

「え？」

水田は面食らって、「何かあったか？」

「これだから」

と、果梨は笑った目で水田をにらんで、「今日は何の日？」

「そりゃ……この子の誕生日」

「ちょっと！　私たちの結婚記念日でしょ！」

水田はポカンとして、

「そうだっけ？」

「全く！　この子の方がよっぽど気がきいてるわ。ちゃんとこの日に産まれて来るなんてね」

「お祝いが一度で済むか」

「そうね。安上りだわ」

と、果梨は笑った。

水田は赤ちゃんのふっくらとした頰にそっと指を触れて、

「僕らの記念日に、ようこそ」

と言った。

とたんに赤ちゃんがワーッと泣き出す。

「ほら、せっかく眠ってたのに！」

果梨は起き上って、「おっぱいあげましょ」

と、赤ちゃんを抱き上げる。

男はどうにもすることがない。

水田が母と子の光景を眺めていると、

「失礼します」

と、ドアが開いた。

「やあ、峰山さん」

近江の秘書の峰山宏子だ。果梨より少し遅れて出産する予定で、今はずいぶんお腹が大きい。

「おめでとう、果梨さん」

と、宏子は歩み寄って、「もうしっかりおっぱい飲んでるのね」

「宏子さん、順調？」

「来週からお休みを」

「父が人づかい荒いから。ごめんね」

「とんでもない」

と、宏子は首を振って、「社長も三十分くらいしたらみえるわ」

「きっとやかましいわね」

と、果梨は苦笑した。

「それから――」

と、宏子は水田に言った。「ちょうど今日お客様がみえたの」

「客?」

宏子がドアの方を振り向くと、半分開いていたドアが大きく開いた。

「――ユリ」

水田は立ち上った。

ユリは左目に黒い眼帯をしていた。しかし、それ以外は、ほとんど傷もない。

「水田さん、おめでとう」

と、ユリは明るく言った。「女の子ですってね」

「ユリさん、あなたのおかげで、私とこの子の二人が助かったわ。ありがとう」

と、果梨が言った。

「いいえ、誰だってあの時は同じことをしたわ」

と、ユリは言った。「どう、この眼帯？　女海賊みたいでしょ」

「似合ってるよ」

「結構気に入ってるの」

と、ユリは微笑んで、「水田さん……。ごめんなさいね。わざわざ遠くまで来てくれたのね」

「いや、当然だよ」

「私――傷だらけの顔で会いたくなかった」

と、ユリは言った。「両親と引越した町でずっと暮そうかと思ってたの。でも……手紙が来たの。堀田先生から」

「シナリオライターの？　よく住所が……」

「ごめんなさい」

と、宏子が言った。「私はユリさんから聞いてたの、引越し先。でも、誰にも言うなって言われてて」

「堀田先生がね、『君の役者としての素質を失うのは惜しい』って書いて来て下さったの。『片目が見えなくたって、役者は充分やれる』って」

ユリは肯いて、「私、そのお手紙を読んだとき、わくわくした！　自分が、やっぱり役者やりたいんだ、って分ったの」

「そうか」

水田は目頭が熱くなった。「――そうか」

「水田さん。また、マネージャーになってくれる?」

ユリの問いに、水田は笑顔で、

「当り前さ。他の奴に譲ってなるもんか」

と言った。「マオちゃんは、もう立ち直った。僕でなくても大丈夫だ」

少しの間、暖かい沈黙があった。

「――あら、寝ちゃった」

と、乳を含ませていた果梨が微笑んだ。「あなた。寝かせて」

「大丈夫かな。よし……」

こわごわ赤ちゃんを元の所へ寝かせる。

「やれやれ……。当分、振り回されるな」

と、水田は言った。

そこへ、

「おい! どこだ俺の孫は!」

と、大声を出して、近江が入って来た。

赤ちゃんが泣き出す。

「お父さん! せっかく寝かせたのに!」

と、果梨は父をにらんだ。

「そうか……。すまん」

近江が小さくなって謝る姿に、宏子が、そして水田たちもふき出した。

赤ちゃんは、大人たちすべてに対抗する力強さで、派手に泣き続けていた……。

本書は二〇一六年に小社より刊行された文庫の新装版です。

双葉文庫

あ-04-57

記念日の客〈新装版〉

2024年3月16日　第1刷発行

【著者】
赤川次郎

【発行者】
箕浦克史
【発行所】
株式会社双葉社
〒162-8540 東京都新宿区東五軒町3番28号
［電話］03-5261-4818(営業部)　03-5261-4831(編集部)
www.futabasha.co.jp（双葉社の書籍・コミックが買えます）
【印刷所】
大日本印刷株式会社
【製本所】
大日本印刷株式会社
【カバー印刷】
株式会社久栄社
【DTP】
株式会社ビーワークス
【フォーマット・デザイン】
日下潤一

ISBN978-4-575-52742-1 C0193
Printed in Japan

双葉文庫　好評既刊

恋ひとすじに

赤川次郎

文具メーカーに勤める奈々子の平凡な日常は、商社の取締役を名乗る青年・湯川と出会った日から変わり始める。突然妹が上京してきたかと思えば、同僚が殺されてしまい——。ノンストップサスペンス。

双葉文庫